Sommer ohne Gäste

Das Buch

Einen Sommer ohne Gäste und ohne gesellschaftliche Verpflichtungen wünscht sich Elizabeth von Arnim – und bekommt ihn an der Seite ihres Mannes auf Gut Nassenheide. Inmitten der westpommerschen Landschaft entdeckt sie die Schönheiten der Natur und frönt dabei ihrer Leidenschaft für die Literatur. Sie träumt vom reinen, klaren Glück, das in den Gärten verborgen liegt, und erzählt auf unterhaltsame Art und Weise von ihren Leseerlebnissen: mit Goethe, der sich ihrer Meinung nach nicht wirklich für Blumen und Gärten interessiert hat; oder Walt Whitman und dessen herzzerreißender Liebe zum Gras, zu den Bäumen und zu allem Leben. Dabei plaudert sie auch einige Geheimnisse ihrer Ehe mit dem »Grimmigen« aus …
Die Romane der Erfolgsautorin Elizabeth von Arnim liefern eine Art Autobiographie, die in jedem Werk eine andere Seite der facettenreichen Künstlerin abbildet.

Die Autorin

Elizabeth von Arnim (1866–1941), Cousine von Katherine Mansfield, wurde in Neuseeland geboren. Sie heiratete in erster Ehe den preußischen Grafen von Arnim und veröffentlichte unter ihrem Ehenamen zahlreiche Bestseller. In Deutschland gehörte sie zu den meistgelesenen Autorinnen ihrer Zeit.

Von Elizabeth von Arnim sind in unserem Hause bereits erschienen:

Elizabeth auf Rügen
Die Farm im Jasmin
Fräulein Schmidt und Mr. Anstruther
Liebe
Die preußische Ehe
Die sieben Spiegel der Lady Frances
Tagebuch eines Sommers

Elizabeth von Arnim

Sommer ohne Gäste

Roman

Aus dem Englischen
von Sybil Gräfin Schönfeldt

List Taschenbuch

Besuchen Sie uns im Internet:
www.list-taschenbuch.de

Mix
Produktgruppe aus vorbildlich bewirtschafteten Wäldern und anderen kontrollierten Herkünften
www.fsc.org Zert.-Nr. GFA-COC-1223
© 1996 Forest Stewardship Council

FSC

Dieses Taschenbuch wurde auf FSC-zertifiziertem Papier gedruckt. FSC (Forest Stewardship Council) ist eine nichtstaatliche, gemeinnützige Organisation, die sich für eine ökologische und sozialverantwortliche Nutzung der Wälder unserer Erde einsetzt.

Neuausgabe im List Taschenbuch
List ist ein Verlag der Ullstein Buchverlage GmbH, Berlin.
1. Auflage Juli 2006

Titel der englischen Originalausgabe: *The Solitary Summer*
Umschlagkonzeption: RME – Roland Eschlbeck
Umschlaggestaltung: Hauptmann und Kompanie Werbeagentur, München – Zürich, unter Verwendung eines Gemäldes von Edward Killingworth Johnson, *Gathering Roses*, um 1880
Titelabbildung: © Bridgeman Art Library
Papier: Munken Print von Arctic Paper Munkedals AB, Schweden
Druck und Bindearbeiten: Clausen & Bosse, Leck
Printed in Germany
ISBN-13: 978-3-548-60644-6
ISBN-10: 3-548-60644-X

Mai

2. Mai. Als wir gestern abend nach dem Essen im Garten waren, sagte ich: »Ich möchte einen ganzen Sommer lang allein sein, um an die tiefsten Wurzeln meines Seins zu kommen. Ich möchte so viel Muße haben wie nur möglich, damit meine Seele Zeit zum Wachsen hat. Ich will niemanden einladen müssen, und wenn doch jemand kommt, soll man sagen, daß ich ausgegangen bin oder fort oder krank. Ich will die Monate im Garten verbringen oder in Wiesen und Wald. Ich will beobachten, was in meinem Garten geschieht, und feststellen, wo ich Fehler gemacht habe. Wenn es regnet, will ich in der tiefsten Tiefe des Waldes wandern, wo die Tannennadeln ewig trocken bleiben, und wenn die Sonne scheint, will ich im Heidekraut liegen und zuschauen, wie die dürren Zweige vor den Wolken tanzen. Ich werde unaufhörlich glücklich sein, weil mich keiner stören kann. Draußen im Freien herrscht Stille, und ich habe entdeckt, daß in der Stille Frieden waltet.«

»Paß nur auf, daß du keine nassen Füße kriegst«, antwortete der Grimmige und nahm die Zigarre aus dem Mund.

Es war der Abend des 1. Mai, und der Lenz hatte mich mit Leib und Seele in Besitz genommen. Der Himmel war voller Sterne, der Garten voller Düfte, jedes Beet gesäumt von Goldlack und süßen schelmischen Stiefmütterchen. Den ganzen Tag lang hatten linde Lüfte geweht, den ganzen Tag lang waren weiße Wolkenberge durch das Blau gesegelt. Jetzt war es so still, so reglos, so ohne Hauch, daß sich eine ruhige Hand auf den Garten gelegt zu haben schien und ihn sanft zur Ruhe brachte.

Der Grimmige saß in jener trägen, satten Stimmung, die die Unklugen straft, nach Tisch auf der untersten Stufe der Verandatreppe, nicht gerade heiter, aber wenigstens gnädig, und ich stand ihm gegenüber und lehnte mich an die Sonnenuhr.

»Wirst du denn ein Buch mitnehmen?« fragte er.

»Ja natürlich«, erwiderte ich, von seinem Ton leicht gereizt, »ich gebe gerne zu: Wenn mich auch Felder und Pflanzen stets etwas lehren, so bin ich nicht immer in der Laune, lernen zu wollen, und manchmal können meine Augen das nicht sehen, was zu anderen Zeiten ganz offensichtlich ist.«

»Und dann willst du lesen?«

»Und dann will ich lesen. Mein herzallerliebster Grimmiger, was hältst du davon?«

Er rauchte jedoch schweigend weiter und schien plötzlich von den Sternen gefesselt zu sein.

»Sieh doch«, sagte er nach einer Pause, während ich ihn betrachtete und mir wünschte, er würde auch einmal längere Sätze äußern, und schaute weiter in den Himmel und schenkte mir überhaupt keine Beachtung, »sieh doch, wie hell die Sterne heute nacht schimmern. Fast, als ob wir Frost bekämen.«

»Wir werden keinen Frost bekommen, und ich will mir gar nichts anschauen, bis du mir gesagt hast, was du von meinem Einfall hältst. Wäre das nicht wunderbar, so ein ganzer herrlicher Sommer völlig für uns allein? Wäre es nicht geradezu himmlisch, wochenlang jeden

Morgen aufzustehen und zu spüren, daß du dir selbst gehörst und keinem anderen?« Und ich trat zu ihm, legte meine Hände auf seine Schultern und schüttelte ihn ein wenig, weil er beharrlich auf die Sterne starrte, als ob es mich gar nicht gäbe. »Bitte, du Grimmiger, sag doch ein einziges Mal etwas Richtiges«, bat ich, »seit einer Woche hast du keinen anständigen langen Satz von dir gegeben.«

Langsam löste er den Blick von den Sternen, richtete ihn hier unten auf mich und lächelte. Dann zog er mich auf seine Knie.

»Keine Flucht in die Leidenschaft!« drängte ich. »Ich brauche Worte und keine Taten. Aber wenn du redest, bleibe ich gerne, wo ich bin.«

»Na gut, dann werde ich reden. Was soll ich denn sagen? Du weißt ja, du tust immer, was du willst, und ich lege dir nie etwas in den Weg. Wenn du in diesem Sommer niemanden hier haben willst, dann soll keiner kommen, aber du wirst sehen, der Sommer ist sehr lang.«

»Nein, ich glaube nicht.«

»Und wenn du den ganzen Tag im Heidekraut liegst, dann werden dich die Leute für verrückt halten.«

»Was kümmern mich die Leute?«

»Nichts, das ist wahr. Aber du kannst dich erkälten, und dann schwillt deine kleine Nase an.«

»Soll sie doch schwellen.«

»Und wenn es heiß wird, holst du dir einen Sonnenbrand und verdirbst dir deine Haut.«

»Meine Haut ist mir gleichgültig.«

»Und du wirst dich langweilen.«

»Langweilen?«

Die Erkenntnis, wie wenig mein Grimmiger von mir weiß, erheitert mich oft. Wir haben uns schon seit drei Jahren hier auf dem Land vergraben, und ich bin die ganze Zeit so vergnügt wie ein Vogel gewesen. Ich sage: wie ein Vogel, weil andere diesen Vergleich heranziehen, um schrankenlose Fröhlichkeit zu beschreiben, obgleich ich keineswegs glaube, daß Vögel auch nur im geringsten fröhlicher als andere Geschöpfe sind, sondern sich abscheulich streiten. Sagen wir also lieber, ich bin so vergnügt wie der vergnügteste Vogel gewesen, und ich habe schon vorher Zeiten der Einsamkeit erlebt, in denen »Langeweile« meinen Gemütszustand am schlechtesten hätte beschreiben können. Manchen gefällt so etwas nicht, das ist wohl wahr, und ich hatte vor vierzehn Tagen einige Gäste, die nach etwa einer Woche wieder aufbrachen und sich ganz offensichtlich nicht gut amüsiert hatten. Sie fanden es langweilig, das weiß ich, aber das lag natürlich an ihnen. Man kann niemanden zu seinem Glück zwingen. Sicher, man kann einem Menschen mit verschiedenen Tricks und raffinierten Methoden eine Menge Schulwissen eintrichtern, aber wenn jemand nicht fürs Glück gemacht ist, kann man ihn nie und nimmer mit Glück erfüllen. Das einzige Ergebnis wäre wahrscheinlich, daß man sein eigenes verliert. Glück muß wohl von innen kommen und nicht von außen, und wenn ich nach meiner früheren Erfahrung und meinen gegenwärtigen Empfindungen urteile, so möchte ich behaupten, daß ich gerade jetzt über einen beträchtlichen inneren Vorrat verfüge, der für mehr als fünf ruhige Monate reichen wird.

»Ich möchte gerne wissen«, bemerkte ich nach einer Pause, in der der Verdacht in mir aufstieg, ich müsse wohl auch zu den Kolonnen der *unverstandenen Frauen* gehören, »wieso du annimmst, ich würde mich langweilen. Der Garten ist fast immer in einem prachtvollen Zustand, und ich bin fast immer geneigt, ihn zu genießen. Mit wenigen Ausnahmen, das muß ich zugeben, denn als diese Schmidts dagewesen sind« (sie heißen gar nicht Schmidt, aber was spielt das für eine Rolle?), »da wäre er mir fast zuwider gewesen. Immer, wenn ich in den Garten ging, schlurften sie dort schon empört und mit mürrischen Mienen umher. Meinst du etwa, sie hätten auch nur eins von diesen blauen Leberblümchen entdeckt, die jetzt in hellen Scharen unter den Büschen blühen? Und wenn ich mit ihnen in die Wälder gefahren bin, wo die Feen gerade jetzt jeden Ast und jeden Zweig mit grünen Edelsteinen behängen, da haben sie nur von Berlin geschwatzt und von den köstlichen Leckerbissen, die ihr neuer Koch für sie zaubert.«

»Nun ja, mein Liebes, ihre Leckerbissen haben ihnen wohl gefehlt. Dein Garten, das gebe ich zu, steht in prächtiger Blüte, aber deine Köchin ist hundsmiserabel. Der arme Schmidt sah beim Essen fast elend aus, und die Schönheit deiner Blumengestecke hat ihn nicht im geringsten für das entsetzliche Essen entschädigt. Schmeiß sie raus.«

»Sie hinauswerfen? Sei dankbar, daß wir sie haben. Eine schlechte Köchin ist weitaus wirkungsvoller als Kissingen und Karlsbad und Homburg zusammen. Und noch dazu viel billiger. Solange ich sie habe, wirst du, mein lieber Ehemann, verhältnismäßig schlank und liebenswürdig bleiben. Der arme Schmidt, wie du ihn nennst, stopft viel zu viele von diesen köstlichen Leckerbissen in sich hinein, und dann betrachtet er seine Frau und zerbricht sich den Kopf, warum er sie geheiratet hat. Bei so etwas möchte ich dich nicht erwischen.«

»Das ist ziemlich unwahrscheinlich«, antwortete der

Grimmige, aber ich kann nicht sagen, ob das als Kompliment gemeint war oder ob er nur darüber nachdachte, wie unmöglich es war, sich an unseren rustikalen Leckerbissen zu überfuttern. Ich weigerte mich jedenfalls, mich in einer sternenklaren Nacht über Köchinnen zu unterhalten, und deshalb rutschte ich von seinen Knien und schlug einen kleinen Rundgang vor.

Es war ein so lieblicher Abend, ein so passender Abschluß eines bezaubernden ersten Maitages, und die Blumen schimmerten in der Dämmerung wie blasse Sterne, die Luft war von süßer Würze erfüllt, und ich beneidete die Fledermäuse, die in diesen Düften badeten, oben die wirklichen Sterne, unten die der Stiefmütterchen, und sie selber so beschaffen, daß sie, selbst wenn sie die Absicht gehabt hätten, keinen Laut von sich geben und den herrschenden Frieden stören konnten. Es ist viel Poetisches von englischen Dichtern über den ersten Mai geschrieben worden, was bei jedem Ausländer sogleich Gedanken an Blumensträuße und Girlanden weckt, an Dorfanger und bändergeschmückte Burschen und Mädchen, an Lämmer und allgemeine Ausgelassenheit. Ich bin einmal an einem ersten Mai in England gewesen. Wir hockten fröstelnd am Feuer und lauschten dem Nordostwind, der durch die Straßen heulte, und dem Hagel, der an die Fenster prasselte, und die Freunde, bei denen ich zu Besuch war, sagten, so sei es meistens, und Lämmer und Bänder hätten sie noch nie zu Gesicht bekommen. Wir Deutschen verbinden keine poetischen Vorstellungen mit diesem Tag, obgleich das sehr wohl möglich wäre, weil wir fast immer gutes Wetter haben. Und was die Girlanden angeht: Ich möchte wirklich wissen, wie viele Dörfer voll von jungen Leuten ich aus meinem Garten damit ausstatten könnte, ohne daß man eine

Lücke sähe. Im Augenblick blüht in meinem Garten der Goldlack, und ich glaube, ich habe jede Farbe und jede Sorte auf meinen Beeten. Sogar die Beete unter den Südfenstern des Hauses, die voriges Jahr so leer und trübselig waren, sind dicht an dicht überwuchert, und vorne gehen die Blüten in einen breiten Streifen mit gelben und weißen Stiefmütterchen über. Die Teerosenbeete um die Sonnenuhr, die diesen Rabatten gegenüberliegen, sind mit weißen und goldenen und purpurroten und weinroten Stiefmütterchen gefleckt, gekrönt von den roten Trieben der Teerosen, die elegant aus ihrer Mitte emporragen. Die Verandastufen, die in dieses Stiefmütterchenparadies hineinführen, sind zu beiden Seiten und bis obenhin von Kästen mit weißen und rosa und gelben Tulpen umrahmt, und auf dem Rasen, hinter den Rosen, prangen noch zwei große Beete mit bunten Tulpen, die sich über einem Teppich aus Vergißmeinnicht wiegen. Wie viel hübscher wirken doch solche buntgemischten Tulpen als jede Farbe für sich! Im vergangenen Jahr habe ich, auf Empfehlung verschiedener Autoren von Gartenbüchern, Beete mit scharlachroten Tulpen und Vergißmeinnicht ausprobiert. Schön waren sie schon, aber ich wünschte, diese Fachleute könnten meine Beete mit buntgemischten Tulpen sehen. So etwas Liebliches und anmutig Heiteres habe ich noch nie erblickt. Die einzigen, die ich ausnehme, sind die rosenroten Tulpen. Aber Scharlachrot, Gold, ein zartes Rosa und Weiß stehen bei mir zusammen, und die Wirkung ist unbeschreiblich, charmant. Sobald dann die Tulpen welken, schießen die Vergißmeinnicht in die Höhe, überwuchern sie schließlich sanft und leise ganz und gar und verbergen so den Jammer des Verfalls in ihrer freundlichen schwachen Umarmung. Sie harren aus,

Wolken aus blassem Blau, bis die Tulpen ganz verdorren, und dann werden sie entfernt, um den leuchtendroten Geranien Platz zu machen, die im Sommer diese beiden Beete besetzen und nach Herzenslust in der Sonne lodern. Ich liebe hie und da einen kräftigen Farbfleck, und diese beiden werden die Lilien noch weißer erscheinen lassen und noch steifer und stolzer, wenn sie im Halbkreis um die kostbaren Teerosen Wache stehen werden.

In den ersten beiden Jahren, in denen ich diesen Garten besaß, war ich fest entschlossen, ausschließlich meinen eigenen Vorstellungen zu folgen, keine Pflanzen in Gruppen zu setzen, die ich nicht so geplant hatte, überhaupt keine Pflanzen zuzulassen außer denen, die ich kannte und liebte. Da ich aber fürchtete, daß ein erfahrener Gärtner aus meiner Ahnungslosigkeit, damals so grenzenlos wie nur möglich, Nutzen ziehen und mir all seine Alpträume von Beeten aufschwatzen und die Gegend mit diesen schauerlichen Gemüsearrangements verunstalten würde, die man so oft in den Gärten der gleichgültigen Reichen sieht, wollte ich nur einen unbedarften Mann mit geringem Ehrgeiz dulden, dem ich leicht einreden konnte, daß ich ebensoviel oder sogar mehr als er verstand. Ich stellte also nacheinander drei äußerst harmlose Gärtner ein und lernte dabei, was ich schon längst hätte wissen müssen, daß Menschen nämlich um so selbstbewußter darauf beharren, recht zu haben, je weniger sie von der Sache verstehen, und daß im Kampf mit der Dummheit alle bisher erfundenen Waffen kläglich versagen. Der erste dieser drei verfiel am Ende des Jahres schließlich in melancholischen Wahnsinn. Der zweite verliebte sich unsterblich, warf sein Handwerkszeug hin und kündigte, um seiner entflohenen Sirene zu folgen, die ihm den Kopf verdreht hatte. Als ich den dritten fragte, wieso denn zufällig nichts von dem, was er gesät hatte, aus der Erde kam, kratzte er sich den Schädel, und dieses sichere Zeichen für seine Unfähigkeit veranlaßte mich, ihn fortzuschicken.

Dann setzte ich mich hin und dachte gründlich nach. Ich war seit zwei Jahren hier und hatte mit diesen Männern schwer im Garten gearbeitet. Ich hatte mein Bestes versucht, um alles Wissenswerte zu lernen und ihm Schönheit zu verleihen. Ich hatte mich geweigert, etwas Besseres als einen unbedarften Gärtner einzustellen, weil ich mir einbildete, so ein Mann gehorche mir besser, dazu nur einen Hilfsgärtner, weil ich vom Verlangen besessen war, meinen Garten ungestört zu genießen. Ich hatte mit großem Fleiß alle Gartenbücher studiert, die ich in die Finger bekam. Ich war der Ansicht, eine mit gutem brauchbaren Durchschnittsverstand ausgerüstete Person zu sein, und weiter, daß eine *solche Person* von gesundem Menschenverstand, die sich die ganze Zeit eifrig einem geliebten Studiengegenstand widmet, auch mit einem gewissen Erfolg rechnen kann. Doch wie sah es nach zwei Jahren in meinem Garten aus? Die Fehlschläge der ersten beiden Sommer hatte ich noch gelassen betrachtet. In diesem dritten Sommer aber brach ich gelegentlich in Tränen aus, wenn ich den Garten nur anschaute.

Soweit es mich betraf, hatte ich tatsächlich ein wenig dazugelernt und wußte nun, was ich kaufen mußte, hatte einigermaßen korrekte Vorstellungen davon, wann ich welches Saatgut in welchen Boden säen und setzen mußte. Aber was hat es für einen Sinn, gute Sämereien und Pflanzen und Knollen zu kaufen, wenn man gezwungen ist, sie einem Gärtner zu übergeben, der sich zwar mit kaum verhohlener Ungeduld die sorgfältigen Anweisungen anhört, die man ihm gibt, und auch unaufhörlich »Jawohl« sagt, dann davonstapft und alles wie immer in die Erde bringt, was auf jeden Fall die falsche Methode ist! Mir waren die Hände durch die benachteiligenden Umstände meines weiblichen Geschlechtes gebunden, sonst hätte ich liebend gern mit ihm den Platz getauscht und ihn gebeten, das Reden zu übernehmen, während ich mich den Pflanzen widmete. Und da er vermutlich kaum den Mund aufgemacht hätte, wäre dies ein entschiedener Gewinn für den Frieden der Welt gewesen, der ganz sicher weit und breit zugenommen hätte, wenn den Frauen die Zungen statt der Hände gebunden wären und wenn diejenigen, die danach verlangen, mit ebendiesen Händen arbeiten dürften, ohne daß sie einen Volksauflauf verursachten. Und stimmt es nicht, daß sich die Zunge um so schwächer regt, je mehr es der Körper kann? Ich leide manchmal buchstäblich Qualen des Neides, wenn ich sehe, wie die Männer mitten im Sonnenschein ihre angenehme Arbeit verrichten, wie sie die fetten feuchten Schollen stechen, wie sie harken und jäten, gießen und pflanzen, wie sie das Gras schneiden und die Bäume stutzen – alles, was sie vom ersten Aufdecken der Rosen im Frühling bis zu den letzten Herbstfeuern im November machen, erfüllt meine Seele mit der Sehnsucht, aufzuspringen und es ihnen gleichzutun. Es muß jedoch noch vieles geschehen, ehe ein Zustand allgemeiner Großzügigkeit erreicht ist, der auch mir gestattet, den Garten umzugraben, ohne öffentlichen Aufruhr zu erregen. Ich habe also noch reichlich Zeit und Muße, weiter zu murren und zu grollen. Ich wünschte mir freilich von Herzen, die Klatschzungen dieser offenbar einsamen und verlassenen Landstriche verschluckten ihre Bemerkungen über sündhaftes Verhalten – falls es denn eines ist – der hier ansässigen Frauen (Sünden sind immer ein beliebtes Tratschthema) und kümmerten sich nicht weiter um ihre harmlosen Absonderlichkeiten. Wenn man stundenlang durch tiefe Wälder und über die Heide gefahren ist, keine Menschenseele getroffen und kein Haus gesehen hat, ist man natürlich verblüfft, wenn einem dann genau nachgewiesen wird, welche Strecke man genommen und an welchem Fleck man gewesen ist. Doch genau dies ist mir mehr als einmal passiert. Und wenn das schon so genau beobachtet und notiert wird, mit welcher Blitzesgeschwindigkeit würde sich erst die Nachricht verbreiten, daß ich mit einer Hacke über der Schulter und einem Korb in der Hand den Gartenweg entlang stolziert bin, ganz offensichtlich wild aufs Jäten! Und wie gerne würde ich doch jäten!

Ich glaube, es war die Art und Weise, wie das Unkraut wucherte, die meinem Zögern ein Ende setzte, einen erfahrenen Gärtner einzustellen und ihm eine vernünftige Zahl von Helfern zur Verfügung zu stellen. Denn ich merkte, so sehr ich die Zurückgezogenheit genoß, die Brennesseln haßte ich mehr, und die Brennesseln schienen sich genau die Stellen zum Ausbreiten auszusuchen, wo meine liebsten Pflanzen gesetzt waren, und sie besiegten mit Leichtigkeit die drei mickrigen Männer, die gelegentlich schwache Versuche machten, sich ihrer zu entledigen. Ich habe ein weites Herz für alles, was wächst, und manches Unkraut, das nirgendwo sonst gelitten wird, darf in meinem Garten leben und sich ungestört vermehren. Es ist manchmal so hübsch, so umwerfend siegreich, und es ist ganz besonders tapfer, wie diese Pflanzen wachsen und blühen und Samen tragen, ganz ohne jede Hilfe oder Unterstützung. Ich muß zugeben, daß ich mich ärgere, wenn sie sich frech zwischen meine Teerosen und Vergißmeinnicht drängeln, und ich ziehe es auch vor, auf Wegen zu wandeln, die frei von ihnen sind. Aber zum Beispiel auf dem Rasen – warum soll man den armen kleinen Dingern nicht in aller Seelenruhe ihr Leben gönnen, statt sich mit einem schrecklichen Instrument auf sie zu stürzen und sie mordlustig Stück für Stück auszustechen? Einmal betrat ich gerade den Garten, als der letzte der drei Dilettanten, mit all seinen Gerätschaften bewaffnet, sich mitten auf dem Fleck aus Gold und Silber, der Übereinkunft nach als Rasen bezeichnet, aufbaute und am Kopfe kratzte, während er sich unentschlossen umschaute und nicht wußte, wo er anfangen sollte. Bei dieser Gelegenheit rettete ich den Löwenzahn und die Gänseblümchen, und die Vorstellung behagt mir, daß die Pflanzen das wissen. Wenn ich herauskomme, sehen sie immer sehr vergnügt aus, und ich bilde mir gerne ein, die Löwenzähne stoßen sich bei meinem Anblick in die zarten Rippen und flüstern: »Da kommt Elizabeth! Tolles Weib, was?« – denn ein Löwenzahn bedient sich natürlich keiner sehr gepflegten Sprache.

Brennesseln dagegen darf man keineswegs dulden. Sie entschieden schließlich die Frage, vor der ich so lange die Augen verschlossen hatte. Und an einem schönen Augustmorgen, als im Garten nichts als Brennesseln zu gedeihen schienen und man sich nur schwer vorstellen konnte, daß wir auch nur irgend etwas anderes getan hätten, als sie sorgfältig in all ihren Spielarten zu kultivieren, marschierte ich in die Höhle des Grimmigen.

»Mein lieber Freund«, begann ich mit der leisen Schmeichelstimme derer, die lange auf ihrem eigenen Kopf beharrt haben und nun bereit sind, nachzugeben,

»würdest du gütigerweise eine Anzeige aufgeben für einen Obergärtner und eine angemessene Zahl von Gehilfen? Alle Knollen und Sämereien und Pflanzen, für die ich mein Geld und meine Hoffnung verschwendet habe, entpuppen sich als Brennesseln, und die mag ich nicht leiden. Der Sommer war wirklich jämmerlich, und ich kann keinen beschränkten Gärtner mehr sehen.«

»Meine liebste Elizabeth«, erwiderte er, »ich bedauere zutiefst, daß du mich nicht eher um Rat gefragt hast. Wie oft habe ich dir angedeutet, daß es töricht ist, einen unfähigen Mann nach dem anderen zu beschäftigen? Das Gemüse, falls wir etwas auf den Tisch bekommen haben, war ungenießbar, und zu Früchten ist es gar nicht erst gekommen. Ich zweifle nicht im geringsten an deinen guten Absichten, aber was dir fehlt, ist Urteilsvermögen. Wann wirst du lernen, dich auf meine Erfahrung zu verlassen?«

Ich ließ den Kopf hängen, denn war er nicht in der beneidenswerten Lage, mich mahnend darauf hinzuweisen: »Ich hab's dir ja gesagt!« Genau das hatte er in den vergangenen beiden Jahren tatsächlich immer wieder getan.

»Ich verlasse mich nicht gern auf andere«, murmelte ich, »und ich bin gegen fremde Erfahrungen immer ein wenig voreingenommen. Würdest du bitte die Anzeige noch heute aufgeben?«

Sie kamen in hellen Scharen; es sah fast so aus, als ob die Hälfte der Bevölkerung aus stellungslosen Obergärtnern bestünde. Ich führte diejenigen, die in Frage kamen, durch den Garten, und mir scheint, ich habe noch nie eine so niederschmetternde Woche erlebt wie diese. Ihre Bemerkungen waren natürlich äußerst freimütig, weil ich ihnen offen sagte, ich hätte, seit ich hier wohnte, immer nur eine Aushilfskraft beschäftigt. Und als sie mit höflichem Spott ihre Bemerkungen über bestimmte Beete machten, konnten sie natürlich nicht ahnen, daß gerade diese von mir selbst angelegt waren. Die Frühbeete im Küchengarten, bei denen ich mir so viel Mühe gegeben hatte, erregten ihre ganz besondere Heiterkeit. Hier war anscheinend alles falsch – die Maße, die Unterlage, die Erde, der Dünger –, nichts, aber auch gar nichts stimmte. Gewiß, der einzige Ertrag, den wir erzielt hatten, bestand in Unkraut. Aber nach Ablauf der ersten Wochenhälfte begann ich mißtrauisch zu werden, denn wenn ich die Kritik des einen mit den Äußerungen der anderen verglich, so stellte ich fest, daß sie selten übereinstimmten, und das gab mir wieder Mut. Am Ende suchte ich mir einen netten, ordentlichen jungen Mann mit bemerkenswert klugen Augen und zielstrebigen Bewegungen aus, der sich nicht so sehr vom gegenwärtigen chaotischen Zustand beeindruckt gezeigt, sondern Überlegungen angestellt hatte, was man in Zukunft aus dem Garten machen könne. Er ist ziemlich schwerhörig, vergeudet also keine Zeit mit Worten, ist dafür aber ganz versessen auf die Gartenarbeit und weiß, wie ich sehr bald entdeckte, erheblich besser Bescheid als ich, trotz meiner drei Jahre Lehrzeit. Er ist darüber hinaus von jener Demut und Wißbegierde erfüllt, über die nur diejenigen verfügen, die bereits mehr als ihre Mitmenschen gelernt haben. Er geht voller Begeisterung auf meine Pläne ein und macht eigene Vorschläge, die zwar nicht immer ganz meinem vielleicht etwas eigenwilligen Geschmack entsprechen, aber deutlich beweisen, daß er sein Geschäft versteht. Wir sind in den Wintermonaten sehr fleißig gewesen, haben zusammen alle Beete geändert, weil kein einziges mit der Erde versorgt war, die die Pflanzen zum Wachsen brauchen. Im kommenden Herbst möchte ich alle sogenannten Rasenflächen umgraben und planieren lassen, und dann wird sich ja zeigen, ob ich nicht auch hier einen anständigen englischen Rasen*turf* bekommen kann. Ich befahl ihm, die Wurzeln von Gänseblümchen und Löwenzahn stehenzulassen, woraufhin er doch ziemlich verzweifelt wirkte, aber er ist jung, und er kann noch lernen, meinen Geschmack zu schätzen und seinen einzigen Fehler zu überwinden, nämlich die in allen Pflanzenschulen und Gärtnereien verbreitete Verachtung für alle Blumen, die nicht gerade in Mode sind.

»Im nächsten Frühling möchte ich viele Osterglokken haben!« rief ich ihm eines Tages zu Beginn unserer Bekanntschaft zu.

Seine Augen funkelten. »Ah ja«, antwortete er sofort und beifällig, »sie sind sehr modern.«

Ich war hin- und hergerissen zwischen dem Vergnügen, Spensers »Daffadowndillies« als modern bezeichnet zu hören, und dem Ärger darüber, daß für sie genau dasselbe Eigenschaftswort verwendet wurde, das meine Putzmacherin benutzt, um mir die schlimmsten Ladenhüter ihrer Hutkollektion aufs wärmste anzupreisen. »Sie sollen wie eine Armee über den Rasen marschieren«, sagte ich, woraufhin sich sein Gesicht verzweifelt verzog.

»Das ist nun wirklich sehr modern!« schrie ich. Doch seine Schwerhörigkeit verwandelte sich plötzlich in Taubheit – ein Phänomen, das meiner Beobachtung nach immer dann auftaucht, wenn ihm meine Anordnungen vollkommen neu und nicht ganz geheuer sind. Ich glaube jedoch, daß er sich nach einer geraumen Zeit von meinen ungewöhnlichen Vorlieben wird anstecken lassen. Denn mittlerweile entwikkelt er einen echten gärtnerischen Enthusiasmus und liebt seine Arbeit, und Liebe ist schließlich die Hauptsache. Ich kenne keinen besseren Dünger. Die Liebe allein wirkt auch in der kargsten Erde Wunder.

Den Gartenpfad hinunter, an den Fliederbüschen vorbei mit ihren schwellenden dunklen Knospen, und dem großen dreieckigen Beet mit Teerosen und Stiefmütterchen davor, zwischen den Reihen der Monatsrosen hindurch und an den Stauden von Lilien und Fingerhut entlang, kamen wir gestern abend in den Frühlingsgarten auf der Lichtung um die alte Eiche herum. Und hier stand, als erster der blühenden Bäume, eine Kirsche in voller Blust, rein, weiß und verletzlich vorm Dämmerdunkel des Abends, und dicht daneben, doch so spät nicht mehr sehr deutlich zu erkennen, zwei japanische Holzäpfel, das anmutige Ganze von rosigen Knospen gesäumt. Dort steht die Wiese voller Narzissen, und zu Füßen der Eiche tröstet mich eine Kolonie Tulpen über die Vergänglichkeit der purpurfarbenen Krokusteppiche hinweg, die noch vor einer kleinen Weile so wunderbar blühten.

»Ich muß ein einziges Mal einen ganzen Sommer lang für mich sein«, wiederholte ich und schaute mich um, nahm alles wahr, überwältigt von dem Gefühl, die Schönheit dieser Dinge kaum aushalten zu können, auch nicht die Schönheit des gestirnten Firmaments, der Ruhe und des Duftes – »ich muß allein sein, damit mir keines von diesen Wundern entgeht, ich brauche die Zeit und die Muße, um wirklich zu leben.«

»Gut, gut, meine Liebe«, erwiderte mein Grimmiger, »schimpf dann aber nicht, wenn du dich langweilst. Du kannst gerne allein sein, wenn du das willst, und was mich angeht, so werde ich dir keine Gäste aufladen. Wenn es möglich ist, so sollte man einer Frau stets das erlauben, was sie will. Wünsche, die in Erfüllung gehen, sind meist die wirkungsvollste Strafe.«

»Mein lieber weiser Mann«, rief ich und hängte mich bei ihm ein, »sei nicht so schrecklich klug und aufgeklärt! Ich verspreche dir, daß ich mich nicht langweilen werde, daß es keine Strafe ist und daß ich glücklich sein werde.«

Damit schlenderten wir in tiefer Eintracht langsam zum Haus zurück und unterhielten uns über den Sternenhimmel und ähnlich Erhabenes, als ob wir alles darüber wüßten.

15. Mai – Etwa eine halbe Meile von meinem Gartentor entfernt gibt es eine Kuhle in den Roggenschlägen, ein kleines rundes Loch, fast nur ein Grübchen, mit Wasser und Weiden am Grund, auf den Hängen ringsum ein paar Büsche und Bäume, die die Feuchtigkeit lieben. Hier bin ich seit kurzem fast jeden Morgen gewesen, denn es entspricht meiner Stimmung, ich liebe den schmalen Fußweg, der durch den Roggen dorthin führt, ich liebe die einzigartige feuchte Kühle in einem Landstrich, in dem alles in der Hitze dörrt. Wenn ich dort im Gras liege und hinabschaue, sehe ich die Weiden grün im Wasser glitzern, und wenn ich nach oben blicke, sehe ich die Roggengrannen vorm Himmel tanzen. Alle möglichen Tiere kommen und starren mich an, Lerchen trillern hoch über mir, Krabbeltiere kriechen über mich hinweg und bewegen sich im hohen Gras neben mir. Ich nehme mein Buch mit und lese und verträume die nützlichen Morgenstunden, begleitet vom verliebten Quakkonzert unzähliger Frösche.

In den letzten Tagen ist Thoreau mein Begleiter gewesen, weil es mir sehr viel passender vorkam, ihn hierher mit hinauszunehmen, statt ihn, wie es bisher meine Gewohnheit war, an Sonntagvormittagen im Garten zu lesen. Er liebt die frische Luft und verweigert einem eine Menge Vergnügen, wenn man ihn im Pomp und Plüsch von Polstermöbeln und Portieren liest. Aber draußen in der Sonne und besonders an diesem Tümpel ist er großartig, und wir verbringen zusammen die glückseligsten Stunden. Er behauptet etwas, und ich stimme entweder von ganzem Herzen zu, oder ich lache nur und halte meine Meinung zurück, bis ich den Gegenstand mit größerer Reife behandeln kann. Er hat mich natürlich längst nicht so gern wie ich ihn, denn ich lebe in einer Wolke aus Staub und Bazillen, die jedem Überfluß an Möbeln entsteigen, und ich bin nicht couragiert genug, ein Streichholz zu nehmen und alles in Flammen zu setzen. Und jeden Tag muß er zuschauen, wie ich mir auf der Fußmatte die Schuhe abstreife, bevor ich das Haus betrete, obgleich er mir doch mitgeteilt hat, daß er einst ein solches Monster mit der Begründung abgelehnt habe, man müsse gerade beim Übel den Anfängen wehren. Meine philosophische Bildung hat natürlich noch nicht die Stufe erreicht, die mich in die Lage versetzt, im wahren Charakter einer Fußmatte das Hindernis zu erkennen, das die Entfaltung meiner Seele hemmt, und ich trete mir außerdem gerne die Schuhe ab. Wenn ich allerdings mit weniger Dienstboten auskommen müßte oder wenn ich, ohne gleich in einer Höhle hausen zu müssen, ganz und gar auf sie verzichten könnte, dann käme ich vielleicht ohne Fußmatten aus, im Sommer auch ohne Schuhe, und ich könnte mir die Füße am Gras abwischen, das die Natur zweifelsohne just zu diesem Zwecke wachsen läßt. Und unterdessen wissen wir, daß Thoreau, obgleich er in die Wälder ging, am Ende wieder zurückkehrte und den Rest seines Lebens wie alle anderen Leute verbrachte. Allerdings hätte er sich vermutlich ein Leben lang energisch dagegen gesträubt, etwas so wenig Inspiriertes wie eine gewöhnliche deutsche Hausfrau auch nur wahrzunehmen, und er hätte sich im Traum nicht dazu herabgelassen, seine Lieblingsideen mit mir zu diskutieren. Aber jetzt gehört sein Geist mir, alles, was er dachte und glaubte und empfand, und er spricht hier in meiner Einsamkeit so eindringlich und so rückhaltlos offen zu mir wie vor Jahren zu seinen besten Freunden in Concord. Im Garten war er ein angenehmer Gesellschafter, doch an dem einsamen Tümpel wird er zum Genie, und wenn er bei mir ist, eilen die Morgenstunden mit unglaublicher Geschwindigkeit vorüber. Es schmerzt mich fast, ihn mitten in einem vertrackten Satz oder einem wunderbaren Gedanken unterbrechen zu müssen, nur weil die Sonnenstrahlen einen bestimmten Busch unten am Wasserrand berühren, ein Zeichen, daß es Mittagszeit ist und ich aufbrechen muß. Gemeinsam gehen wir durch den Roggen heim, ich klemme ihn fest unter den einen Arm, während ich mit der anderen Hand einen Gräserstrauß schwenke, um die Fliegen zu verscheuchen, die sich in dem Augenblick auf uns stürzen, in dem wir in den Sonnenschein tauchen. »Ach, mein teurer Thoreau«, murmele ich manchmal, von der glühenden Mittagshitze auf dem kleinen Pfad und von der Aufdringlichkeit der Fliegen überwältigt, »haben dich in Walden auch die Fliegen umschwirrt und gequält? Und was ist dann aus deiner Philosophie geworden?« Aber er nimmt nie Notiz von meinen Klagen, und ich weiß genau, daß er zwischen seinen Buchdeckeln heftig über die Torheit raisoniert, sich von diesem hastigen Zwang und Wirbel namens Mittagessen vergewaltigen zu lassen, hineingezogen in mittägliche Untiefen, und daß er über die Notwendigkeit nachdenkt, um des eigenen Seelenfriedens willen mit abgewandtem Blick, wie Odysseus an den Mast gebunden, daran vorbeizusegeln. Aber er wird trotzdem entschlossen heimgeschleppt, ins Haus gebracht, in sein Regal gestellt, und dort muß er bleiben, denn zufällig ist mir immer noch der Verstand an den Leib gebunden, der zu gewohnten Zeiten gefüttert werden will, sonst wird er zur Plage. Aber natürlich hat Thoreau recht. Das Mittagessen ist eine Falle des Versuchers, und auch ich würde vielleicht versuchen, wie Odysseus daran vorbeizusegeln, wenn ich zur Rettung einen Schiffszwieback in der Tasche hätte. Andererseits sind da die Kinder, die gefüttert werden müssen, und mein grimmiger Gatte, und wie kann eine achtbare Ehefrau und Mutter die mittäglichen Untiefen umschiffen, wenn dort ihre Liebsten gestrandet sind? So lasse ich sie nicht im Stich, und ich werde jeden Tag um zwei Uhr von diesem trägen, lähmenden Gefühl gestraft, das ich so hasse und dennoch nicht vermeiden kann. Es ist entwürdigend, nach den sonnendurchfluteten Morgenstunden an meinem Teich, wo ich mich fast als Dichterin und ein wenig als Philosophin empfinde, ganz und gar ein seliges Geschöpf in den Wonnen des Daseins, wieder heimzukehren und diese trostlosen essenschweren Stunden zu überstehen, in denen die Seele von Koteletts und Spargeln und rachsüchtigen süßen Desserts aus allen Sinnen vertrieben und erschlagen wird. Wenn ich wieder die Bibliothek betrete, wendet mir mein morgendlicher Vertrauter den Rücken zu, und ich berühre ihn nie am Nachmittag. Bücher haben ebenso wie Menschen ihre unerklärlichen Empfindlichkeiten, und sie enthüllen ihre wahre Schönheit erst dann, wenn ihnen der Ort und die Zeit, in der sie gelesen werden, durchaus behagten. Ich kann Thoreau zum Beispiel nicht in einem Wohnzimmer lesen, und es würde mir erst recht nicht im Traum einfallen, Boswell an einem Teich im Gras liegend zu lesen! Man stelle sich vor, er würde mit seinem Busenfreund zu einer einsamen Kuhle im Roggenfeld verschleppt und sollte dort nun seine Unterhaltungskünste entfalten. »Nein, meine verehrte Dame«, würde der große Mann voll Vorwurf sagen, »das hat keinen Sinn und Verstand. In einem Roggenfeld liegen? Was soll das für eine Narrheit sein? Und wer, wenn er es vermeiden könnte, würde in einer feuchten Pfütze der Unterhaltung pflegen?« So lese ich meinen Boswell in der Bibliothek und lache über ihn, sobald die Lampen angezündet sind, ich vergrabe mich in die Kissen, von allen Zeichen der Zivilisation umgeben, und die zugezogenen Vorhänge schließen den Garten ebenso aus wie die ländliche Einsamkeit, die von beiden, von Lehrer und Schüler, sehr verachtet wird. Und Bossy behauptet nun seinerseits, das einzige, was das Landleben genüßlich mache, seien die Mahlzeiten. »Ich war glücklich«, sagt er, als er auf der Insel Skye an einem Ort namens Charrichatachin gestrandet war und wegen des Regens nicht weiterkonnte, »ich war glücklich, als der Tee serviert wurde. Das ist, wie ich vermute, die geistige Verfassung aller, die auf dem Land leben. Man verlangt geradezu nach Mahlzeiten wegen der qualvollen Leere des Geistes, aber ebenso aus schierer Gefräßigkeit.« Und so verdreht ist die menschliche Natur, daß mich Boswells Weisheit fast mehr entzückt als die Johnsons, obgleich ich beide herzlich liebe.

Am Nachmittag unterhalte ich mich mit Goethe im

Garten. Ich bin davon überzeugt, daß er sich nicht wirklich für Blumen und Gärten interessiert hat, aber es gibt über beides so viele wunderbare Bemerkungen von ihm, daß sie einem so nachdrücklich in der Erinnerung bleiben, als hätte er leidenschaftlichen Gefühlen Ausdruck verliehen. Ein Kopf, der sich mit einem so schönen Geist tarnen kann, muß wahrhaftig gigantisch gewesen sein. Ein normaler Verstand muß schon von vielen Gefühlen geschüttelt sein, um auch nur unter Mühen einen einzigen Satz hervorzubringen, der diesen gerecht wird, und wenn er ihn glücklich ausgestoßen hat, scheint er immer den eigentlichen Kern der Gefühle zu verfehlen, der sie geboren hat. *Ach, was für ein armseliger Kümmerling eines vielleicht zu großen Gefühls!* Ich lese Goethe immer an einem bestimmten Platz, trenne mich nie von ihm, wenn er mich begleitet, es ist ein Platz an der Südseite des Eiskellers, wo ich von den Nordwinden geschützt bin, die im Mai manchmal vorherrschen, und auch vor den störenden Sonnenstrahlen, die durch die tiefhängenden Zweige einer großen Buche dringen. Durch diese Zweige kann ich auf eine Gruppe von großen Mohnblumen schauen, die gerade feuerrot im Gras zu blühen beginnt. Weiter unten sehe ich eine hohe Silberbirke, deren erstes Frühlingsgrün noch nicht die helle Anmut verloren hat und noch nicht nachgedunkelt ist, so daß sie vor einem düsteren Fichtenhain fast golden wirkt. Hier lese ich Goethe – alles, was ich von ihm habe, das Bekannte ebenso wie das Unbekannte. Hier vergieße ich unweigerlich Tränen über ›Werther‹, so oft ich ihn auch lese, hier arbeite ich mich durch Wilhelm Meister und bin immer wieder verwundert über die Komplikationen in den ›Wahlverwandtschaften‹. Hier stürzt mich der ›Faust‹ in Staunen und Qual, und hier wandle ich im Schatten manchmal hin und her und wende mich mit dem Eröffnungsmonolog der ›Iphigenie‹ voller Leidenschaft an die Fichten am Ende der Lichtung. Von Zeit zu Zeit lasse ich das Buch auf der Bank liegen und breche zu einem kleinen Bummel zwischen meinen Blumenbeeten auf, von dem ich wohltuend erfrischt zurückkehre, mit mehr als einer schwachen Ahnung darüber beschenkt, was im Leben wichtig ist und was nicht.

Abends, wenn alles still und müde ist, sitze ich mit Walt Whitman neben den Rosenbeeten und lausche auf das, was dieser einsame, schöne Geist mir über die Nacht, den Schlaf, den Tod und die Sterne zu sagen hat. Die stille Dämmerstunde gehört ihm, und dies ist der Augenblick, in dem ich die Schläge dieses so zarten und großzügigen Herzens am besten vernehmen kann: seine unfaßbare Liebe, seinen Jubelschrei aus Liebe zur Natur, aus Liebe zum grünen Gras, zu den Bäumen, den Wolken, dem Sonnenschein, so eine herzzerbrechende Liebe zu allem, was atmet und was krank und elend ist, sein leidenschaftliches Verlangen, alles zu lindern und zu heilen und zu trösten, was niemals gelindert und geheilt und getröstet werden kann, sein heftiges Verlangen nach dem Tod, dem gnädigen Tod als dem umfassenden und unübertrefflichen Troste – vor dieser Offenbarung des grenzenlosen Verlangens, vor diesem allumfassenden Mitgefühl verharrt unsere alltägliche Selbstsucht erschüttert und beschämt.

Wenn ich in den Wald fahre, begleitet mich Keats, und wenn ich meine Wege bis zur Ostsee ausdehne und den Nachmittag auf dem Moos zwischen den Föhren verbringe, deren rötliche Stämme den Rahmen für das Meer bilden, nehme ich Spenser mit, und schon verwandeln sich die blauen Wogen in das Wellengekräusel des Idle Lake, und das kleine weiße Segel in der Ferne ist Phaedrias flaches Schiff, das Cymochles eilig in ihr schattiges kleines Liebesnest bringt. Wie kann ich erklären, warum ich Keats niemals hierher mitgenommen habe und warum Spenser immer und immer wieder? Wer will schon den verborgenen Untiefen des gewöhnlichen weiblichen Geistes folgen? Es ist ungefährlicher, diesen Versuch gar nicht erst zu wagen, sie statt dessen gesammelt mit dem Oberbegriff *Instinkt* zu belegen und es damit ein für allemal zu belassen.

Doch was ist es für ein Segen, Bücher zu lieben. Schließlich liebt jeder irgend etwas, und ich kenne außer den Büchern und einem Garten keine anderen Objekte der Liebe, die einen so reichlich und treu belohnen. Und wie leicht hätte man ohne diese Liebe auf die Welt kommen können, statt dessen vielleicht nur von einer rasenden Leidenschaft für – sagen wir: Hüte besessen, die dann meine Seele unablässig zum Rasen bringen würde. Ich glaube, ich bin meinen Vorfahren zu tiefem Dank verpflichtet, denn es kann dafür nur eine einzige Erklärung geben: Sie haben sich einen Teufel um Hüte geschert. Im Mittelpunkt meiner Bibliothek ragt eine hölzerne Säule zur Decke, die verhindert, wie mir erklärt wurde, daß uns diese um die Ohren fliegt. Um diese Säule herum, vom Boden bis zur Decke, habe ich Regale anbringen lassen, und in diesen Regalen stehen alle Bücher, die ich immer wieder gelesen habe und hoffentlich noch viele Male lesen werde – kurz, alle Bücher, die ich am meisten liebe. In den Bücherschränken an den Wänden finden sich auch viele, die mir teuer sind; aber hier im Herzen des Raumes, der Hand am nächsten, stehen diejenigen, die mir am allerliebsten sind – die Auserlesensten meiner Favoriten. Sie wechseln von Zeit zu Zeit und in dem Maße, in dem ich älter werde, und mit den Jahren wandern einige aus den Bücherschränken hierher, und andere von hier verschwinden in den Bücherschränken, und wieder andere werden ganz und gar entfernt und stehen nun in den Regalen im Salon, die für Autoren reserviert sind, die geprüft und zu leicht befunden wurden, und von dort kehren sie, wenn überhaupt, nur höchst selten zurück. Zu den Auserlesenen gehörte Carlyle. Es ist Jahre her, damals waren meine Haare noch lang und meine Röcke recht kurz, und ich saß mit Sartor Resartus in den väterlichen Gefilden, voller Weisheit und Weltschmerz. Und selbst nachdem ich geheiratet hatte und wir in der Stadt wohnten, wo das Grollen seines Sprachdonners fast vom Rasseln der Droschken auf der Straße übertönt wurde, leuchtete er mir als heller, ganz besonderer Stern. Jetzt aber ist es anders. Ich weiß nicht, ob es am herannahenden Alter liegt, oder ob das Land hier so lautlos ist und alle Töne weithin trägt, oder ob einfach meine Ohren empfindsamer geworden sind: In dem Moment, in dem ich ihn aufschlage, bricht ein solches Getöse aus, eine kreischende Klage und Gewalt und Wut, daß ich vollkommen betäubt bin. Und da ich leicht zu verstören bin und den Frieden liebe und mein höchstes Ziel darin sehe, dem Rat des Apostels zu folgen und das Schweigen zu lernen, ist Carlyle von seiner erhabenen Stellung am Rand der Säule abgestürzt und lebt zurückgezogen an der Wand, wo die Zufälle des Alphabets bewirken, daß er in der besänftigenden Gesellschaft eines gewissen Carina steht, einem harmlosen Herrn, dessen Buch über die Bäder von Lucca er zu seiner Linken hat, während ein Franzose namens Charlemagne direkt rechts von ihm steckt. Zwei seiner Werke sind jedoch bei den

Auserwählten geblieben, wenn auch verschieden bewertet: sein ›Friedrich der Große‹, aus naheliegenden Gründen für jedes patriotische deutsche Gemüt interessant, und sein ›Life of Sterling‹, insgesamt ein eher langweiliges Buch, der Bericht über ein erreignisloses Leben, in dem das natürliche Verhältnis zwischen Subjekt und Erzähler auf den Kopf gestellt ist. Ein Genie schreibt über das Leben eines unbedeutenden Freundes, wobei die Tatsache, daß dieser Freund außergewöhnlich liebenswert war, einem nicht im geringsten das Unbehagen über diese Verrücktheit nimmt. Carlyle steht in jeder Hinsicht an Rang und Würde hoch über Sterling, der seinerseits keinerlei Bedeutung besitzt, es sei denn, man mißt den glücklicherweise recht zahlreichen Tugendhaften und Tapferen und Liebenswerten allgemeine Bedeutung zu. Wir Deutsche haben alle von Carlyle gehört, und viele von uns haben ihn mit pflichtschuldiger Bewunderung gelesen, jedoch oft genug vom Stöhnen über die Schwierigkeiten unterbrochen, die sein Stil dem ahnungslosen Fremden in den Weg legt. Doch wer von uns hätte ohne Carlyle jemals etwas von Sterling gehört? Und selbst in diesem vergleichsweise friedlichen Buch lagern Minen, die vor dem verschreckten Leser mit ungewohnter Wucht detonieren. Dem prosaischen Deutschen, an eine Literatur ohne Donnergepolter und ohne schrille Schreie der Begeisterung gewöhnt, ist Carlyle alles in allem ein erstaunliches Phänomen.

An diesem Punkt fühle ich mich freilich zu der selbstkritischen Frage veranlaßt: Wer bin denn ich, daß ich in dieser unschicklichen Form über Carlyle spreche? Darauf erwidere ich, daß ich nur eine bescheidene Deutsche bin, die Frieden sucht, ohne den geringsten Wunsch, jemanden zu kritisieren, und nur bestrebt, den Genies aus dem Weg zu gehen, wenn diese zu viel Lärm veranstalten. Ich will nichts als in Ruhe die Bücher lesen, für die ich im Augenblick eine Vorliebe habe. Carlyle ist also jetzt in seinem gemütlichen Bücherschrank eingeschlossen und muß den Mund halten, aber wer weiß, ob ich nicht im hohen Alter, wenn ich mich richtig jung zu fühlen beginne, bei ihm wieder Trost finden werde? Was für ein Durcheinander von Büchern herrscht um meine Säule herum!

Hier lehnt Jane Austen an Heinrich Heine – ich möchte wirklich wissen, was sie ihm zu sagen hätte – und auf ihrer anderen Seite sorgen Miss Mitford und Cranford für das Gleichgewicht. Da steht mein Goethe, eine der vielen Ausgaben, die ich von ihm besitze, und zwar genau die, die schon mit dem Eiskeller und den Mohnblumen Bekanntschaft geschlossen hat. Daran schließen sich Ruskin an, Lubbock, White's Selborne, Izaak Walton, Drummond, Herbert Spencer (nur das wenige von ihm, was ich mir zu verstehen einbilde, aber vielleicht wirklich nur einbilde), Walter Pater, Matthew Arnold, Thoreau, Lewis Carroll, Oliver Wendell Holmes, Hawthorne, ›Sturmhöhe‹ die Essays von Lamb, die Biographien von Johnson, Marc Aurel, Montaigne, Gibbon, der unsterbliche Pepys, der unglaubliche Boswell, verschiedene amerikanische Kinderbücher, die ich als Kind schon geliebt habe und immer wieder lese und bis zum heutigen Tage liebe, einige französische Kinderbücher, aus dem gleichen Grund geschätzt, ganze Reihen von deutschen Kinderbüchern, mit denen ich aufgewachsen bin, mit ihren hinreißenden Holzschnitten von drolligen kleinen Kindern in Schnürmiedern und guten Hausmüttern, die Brote schneiden, alles in der Atmosphäre aus angstvoller Unschuld und reinem Glauben und jäher Strafe und Belohnung, in der sie lebten, und wie sich der Finger Gottes auf allem spiegelt, was ihnen zustieß. Dann all die Lyriker und die meisten Dramatiker und, wie ich fest überzeugt bin, alle Bücher über Gärten und die Gärtnerei, die in den letzten Jahren erschienen sind.

Diese Gartenbücher sind meine beständigen Freunde. Besonders im Winter, wenn es zu meinem innigsten Vergnügen gehört, an einem flackernden Torffeuer zu sitzen, während draußen der Schnee am Fenster vorbeitreibt, nichts liebe ich dann mehr, als die wonnigen Beschreibungen von Rosen und all den anderen Sommerherrlichkeiten zu studieren. Wie gut und gründlich lerne ich dann diese Gärten kennen und lieben, deren allmähliche Entwicklung von ihren Besitzern beschrieben wird, und wie beseligt lustwandle ich in Gedanken auf den Pfaden besonders bezaubernder Gärten in Lancashire, Berkshire, Surrey und Kent und bewundere die herrliche Anlage der Beete und Rabatten, die reizenden Kleinigkeiten in unerwarteten Ecken und Winkeln und all die Beweise unermüdlicher Zuneigung. Alle Gartenbücher, die irgendwo angekündigt werden, kaufe ich auf der Stelle, und auf diese Art und Weise bin ich in den Besitz einer Sammlung faszinierender und lehrreicher Gartenliteratur gekommen. Ein paar sind eher schwach, und sie wurden ins Wohnzimmer abgeschoben, aber die anderen bleiben sommers und winters in meiner Nähe. Da ich oft und voll Zuneigung nach ihnen greife, verlieren ihre neuen Umschläge rasch den Glanz und nehmen das lässige Aussehen guter Freunde in Alltagskleidung an. Sie sind mir so vertraut, daß ich kaum an ihnen vorübergehen kann, ohne den wohlbekannten Deckeln ein Lächeln und ein Nicken zu schenken, denn jedes einzelne ist mit erfreulichen Erinnerungen an bestimmte Orte und gewisse Augenblicke verbunden, was sie mir noch teurer macht.

In meiner Phantasie bin ich auch durch ein oder zwei französische Gärten gewandelt, habe aber noch von keinem deutschen gehört, der von seinem Besitzer über alles geliebt würde. Es ist natürlich möglich, daß meine Landsleute sie sehr wohl lieben, aber kein Wort darüber verlieren wollen – manches ist möglich, aber es ist nicht wahrscheinlich, und die Erfahrung bewegt mich zu der Annahme, daß es in diesem Fall nicht zutrifft. Da wäre der übliche wohlhabende Mann, der sich ohne Rücksicht auf Kosten schöne Gärten hat anlegen lassen, doch gerade diese Gärten habe ich nicht im Sinn. Und da haben wir den Armen mit seinem bißchen Grund und Boden, der diesen nur als Hühnerhof benutzt oder als Kartoffelacker bestellt. Der Mittelstand dagegen ist so damit beschäftigt, durchs Leben zu eilen, daß er weder Zeit noch Neigung hat, einmal innezuhalten und eine Rose zu pflanzen.

Wie froh ich bin, mich nicht so eilen zu müssen. Was für eine Vergeudung des Lebens, nur zu raffen und wieder auszugeben. Da sitze ich lieber neben meinen Stiefmütterchenbeeten, langsam und anmutig ziehen die Wolken über mich hin, der ganze klare Tag liegt vor mir, und ich beobachte den wilden Kampf um den heißbegehrten Groschen. Staune über die Gemeinheit, die rempelt und drängt und trampelt, ohne Scham und Hemmung. Und wenn man seinen Groschen hat, was dann? Es sind ja schließlich nur Münzen, schmutzige, abgegriffene Kupfermünzen, kein Goldstück dazwischen, niemals die Selbsterniedrigung wert und den Haß derer, die unter dir stehen und noch weniger haben, und die Verachtung der anderen, die über dir stehen und mehr besitzen. Ich merke aber, daß ich klug zu schwätzen beginne und – noch schlimmer – in Gleichnissen, und weil man solche Anwandlungen auf der Stelle und unablässig bekämpfen soll, werde ich in den Garten gehen und mit den Kindern spielen, die in diesem Augenblick nebeneinander zwischen den Butterblumen hocken und ein Potpourri aus beliebten Melodien singen.

Juni

3. Juni – Ich verfolge, wie mein Grimmiger mir Fallen stellt, und zwar ziemlich tiefe. Er hatte vorausgesagt, daß ich die Einsamkeit unerträglich finden werde, und er wünscht sich natürlich, daß sich diese Voraussage erfüllt. Er weiß, daß mich Regenwetter trübselig macht, und er hofft auf einen Landregen, der mich zu dem Bekenntnis treibt, ich hätte mich geirrt, woraufhin er die Bemerkung fallenlassen könnte, die dem verehelichten Herzen so teuer ist: »Ich hab's ja gleich gesagt, mein Liebchen.« Er beginnt den Tag, indem er an das Barometer klopft, den Himmel mustert und den Kopf schüttelt. Sieht er auch nur den Hauch einer Wolke, so bemerkt er, eine ganze Wand zöge auf, und wenn sich kein Wölkchen zeigt, sagt er, es sei zu schön, um so zu bleiben. Er ist sogar im Lauf der Zeit ein- oder zweimal dazu übergegangen, an einem heißen sonnigen Morgen im Regenmantel vom Gutshof aufzubrechen, nur um mir die felsenfeste Überzeugung zu vermitteln, daß sich ein Wetter zusammenbraue. Er ging mir den ganzen Tag lang ununterbrochen aus dem Weg, um nur jede Gelegenheit zu schaffen, daß ich mich so bald wie möglich zu langweilen beginne, und abends zog er sich direkt nach dem Essen in seine Höhle zurück und murmelte etwas von Briefen. Wenn er dann endlich verschwunden war, lief ich zu den Sternen hinaus und lachte über seine durchsichtigen Ränke.

Aber was wäre, wenn wir wirklich einen Schlechtwettereinbruch hätten? Ich weiß es nicht genau. So lange die Sonne scheint, haben die Regentage der Zukunft keinen Schrecken, und wenn sie wirklich kommen, sind ein oder zwei wirklich nasse Tage recht erfrischend – eine angenehme Pause, die einen an den gemütlichen Winter erinnert, die Zeiten, noch so weit entfernt, zum Lesen, zum Schreiben und um Rechnungen zu bezahlen. An strahlenden Sommertagen beschäftige ich mich weder mit Rechnungen noch schreibe ich Briefe. Nicht um alles in der Welt will ich mir verscherzen, was so ein Tag mir schenken könnte, den man ausschließlich im Freien verbringen sollte; ein Regentag von Zeit zu Zeit ist für mich also ebenso notwendig wie für den Garten. Aber was würde passieren, wenn die Nässe anhielte? Ich glaube, eine Woche Landregen im Sommer reicht aus, um das unerschütterlichste Herz zu bedrücken. Im Winter wird man leicht damit fertig, indem man in ein Kaminfeuer starrt. Doch wenn kein Feuer brennt und die Tage sehr lang sind, die Heiterkeit sich allmählich davonstiehlt, dann schleicht sich eine Trübsal herein, die immer draußen vor der Tür herumlungert, und brütet in den leeren Winkeln des Herzens. Allerdings kommt es mir als Kraftverschwendung vor, an einem so strahlenden Tag wie heute darüber nachzugrübeln, wie wir einen verregneten Sommer überstehen sollen. Ich ziehe es vor, hier auf der Veranda zu sitzen und durch einen Rahmen aus Blättern auf all die Rosenknospen hinabzublicken, die der Juni rund um die Sonnenuhr hat sprießen lassen, oder über gar nichts zu grübeln und mich einfach meines Lebens zu freuen. Um zwei Uhr an einem Sommernachmittag ist die Veranda ein Ort, an dem man glücklich sein und gar nichts entscheiden soll, das habe ich von meinem Freund Thoreau heute morgen an einem anderen ruhigen Ort gelernt. Die Sessel sind angenehm, es gibt einen Tisch zum Schreiben, und die Schatten der jungen Blätter tanzen auf dem Papier. Auf der einen Seite schiebt eine Crimson Rambler neugierige Triebe durchs Holzgeländer, weil sie gepflanzt wurde, damit sie verfolgen kann, was ich hier oben treibe, was ihr in diesem Jahr zum ersten Mal gelingt. Und auf der anderen Seite klammert sich eine Clematis mit zarten jungen Fingern an alles, was nur danach aussieht, ihr zum Ziel ihrer Wünsche zu verhelfen, nämlich zum Dach. Ich möchte wirklich wissen, welche von beiden zuerst dort ankommt. Unten auf den Rosenbeeten, zwischen Hunderten von Knospen, ist erst eine einzige Rose voll erblüht, eine Marie van Houtte, eine der lieblichsten Teerosen, vollkommen in Form und Duft und Farbe, und in meinem Garten immer die erste Rose, die in Blüte steht. Die ersten Blüten, die sie trägt, sind die allerschönsten ihrer wunderschönen Blüten, als ob sie fühlte, daß sie den ersten ihrer Kinder, die nach dem langen Winterschlaf den Himmel und die Sonne und den vertrauten Garten sehen, die niedlichsten Kleider anziehen müßte, die sie für so einen festlichen Anlaß auftreiben kann.

Durch die offenen Fenster der Schulstube kann ich den beiden ältesten Kindern bei ihren Lektionen zuhören. Der Dorfschulmeister kommt jeden Nachmittag und unterrichtet sie zwei Stunden lang, so daß wir keine Gouvernante im Hause haben, und wenn diese beiden Stunden vorbei sind, sind sie für die nächsten zweiundzwanzig Stunden von allem befreit, was dem Lernen nur ähnelt. Die Schulstube liegt neben der Veranda, und je näher es auf zwei Uhr geht, desto aufgeregter werden sie. Sie flattern die Stufen auf und ab, sehen dabei in ihren weißen Kleidern wie Engel auf der Jakobsleiter aus, oder sie versuchen emsig, durch die Büsche hindurch den ersten Blick auf den nahenden Lehrer zu erhaschen, kleine und perfekte Isolden. Er ist ein freundlicher Riese mit dieser unerschöpflichen Geduld, die man so oft bei Riesen findet, besonders wenn sie zufällig Dorfschulmeister sind, und nach dem Gelächter zu urteilen, das ich höre, scheinen die Kinder ihren Unterricht so wie nie zuvor zu genießen. Jeden Tag binden sie ihm Blumensträuße, er bekommt mehr als eine Primadonna, auf jeden Fall aber regelmäßiger, und sie sind immer frisch.

Als er zum erstenmal erschien, fürchtete ich, daß ein so großer fremder Mann sie einschüchtern und nur Tränen aus ihnen herauslocken würde. Aber in dem Augenblick, in dem ich sie alle alleine ließ und die Tür schloß, hörte ich, wie sie ihn als Freundschaftsangebot darüber informierten, daß ihnen jeden Samstagabend die Haare gewaschen würden und daß ihre Haarschleifen deshalb nicht zusammenpaßten, weil die eine Farbe nicht für alle gereicht hatte. Ich entfernte mich und hoffte, daß sie es nicht notwendig finden würden, ihm auch noch zu erzählen, wie oft ich mir die Haare waschen lasse oder andere Einzelheiten persönlichster Natur. Ich glaube allerdings, daß dieser Mann unterdessen alle Einzelheiten meiner Morgentoilette kennt, die täglich von meinen Dreien mit größter Aufmerksamkeit verfolgt wird.

Hoffentlich ist er erfolgreicher als ich, ihnen die Geschichten aus der Bibel beizubringen. Ich bin niemals weiter als bis zu Noah vorgedrungen, bei dem ihre Fragen schon so bohrend wurden, daß sie mich vollkommen aus der Fassung brachten. Und da niemand gerne die Fassung verliert und es besonders mißlich ist, wenn ein Elternteil in diese Lage gerät, brachte ich den Unterricht zu einem jähen Ende. Ich rettete mich mit einem eulenhaften Ton, der Weisheit und Unfehlbarkeit signalisieren sollte, und verkündete, sie seien noch zu jung, um so etwas zu begreifen. Und sie, in dem rührenden Glauben an die Wahrheit jeden Wortes, das aus meinem Munde kommt, murmelten zufrieden ihre Zustimmung und schlugen vor, statt dessen zu spielen und den Rasenhang unter den Südfenstern hinunterzukullern – woran ich mich freilich nicht beteiligte, wie ich mich nicht ungerne erinnere.

Der Schulmeister hatte sie aber nach vier Wochen Unterricht sogar bis zu Moses geleitet, war ohne Probleme an Noahs Arche vorbeigesegelt, die mir so viel Kummer bereitet hatte, und falls Redegewandtheit ein Zeichen von Wissen ist, so haben sie ihre Lektion wirklich hervorragend gelernt. Gestern tauchten sie, nachdem er sich verabschiedet hatte, von Moses schwer beeindruckt, auf der Veranda auf und zersprangen fast vor Eifer, mir alles wieder zu erzählen. »Herr Schenk hat uns heute von Moses erzählt«, begann das April-Kind und stürzte sich auf mich.

»Oh?«

»Ja, und da war ein böser, böser König, der hat gesagt, jeder Junge muß gesterbt werden, und Moses war der allerliebste Schatz.«

»Sprich doch englisch, mein Liebchen, und nicht so ein schreckliches Kauderwelsch«, flehte ich.

»Aber eine Katze war er nicht.«

»Eine Katze?«

»Ja, das war er eben nicht, dieser Moses – keine Katze, ein Junge.«

»Aber natürlich war er keine Katze«, bemerkte ich

mit einer gewissen Strenge, »das hat auch keiner angenommen.«

»Ja, aber Mamsi«, erklärte sie eifrig und mit den entsprechenden Handbewegungen, »der Moses von Köchin ist wohl eine Katze.«

»Aha, ja, jetzt verstehe ich. Und?«

»Und er kam ins Wasser, in einem Korb, und der ist geschwommen. Und dann kommten sie auf einmal, und sie sagte – «

»Wer kam? Und wer hat was gesagt?«

»Na, die Hofdamen, und die Königstochter sagte, ach hör mal, da schreit so etwas.«

»Auf deutsch?«

»Ja, und dann gingen sie dichter ran, und eine mußte ihre Schuhe ausziehen und die Strümpfe auch und mußte ins Wasser rein und hat den klitzekleinen Korb geholt, und dann haben sie ihn aufgemacht, und das Kind hat immerlos geschrien und dabei gestrampelt« – an dieser Stelle gaben die beiden Kinder eine so lebendige Vorstellung dieser Strampelei, daß die ganze Veranda wackelte – «und gucke mal! Das ist ein kleines Baby. Dann haben sie wen geholt, der ihm zu essen gibt, und die Königstochter kann den Jungen behalten, und weiter sind wir noch nicht.«

»Hast du Moses lieb, Mamsi?« fragte das Mai-Kind, sprang auf meinen Schoß und legte die Hände um mein Gesicht – eine der vielen anmutigen zärtlichen kleinen Gesten eines sehr anmutigen zärtlichen kleinen Geschöpfs.

»Ja«, erwiderte ich kühn, »ich liebe ihn.«

»Dann lieb ich ihn auch!« riefen sie in fröhlicher Einmütigkeit, womit ihr Urteil über ihn gerechtfertigt und besiegelt war. Eine solche Autorität zu sein, daß jedes meiner Worte über alles unter dem Firmament für absolut endgültig gehalten wird, verleiht einem gewiß einen erhabenen Stand, der aber für die Wankelmütigen wie alle hervorragenden Standpunkte von Fußangeln und Hindernissen geradezu umzingelt ist. Und die meisten meiner Unterhaltungen mit den Kindern enden in einem plötzlichen Themenwechsel, den die Art ihrer Bemerkungen notwendig macht und vor allem die Tatsache, daß es auf ihre Bemerkungen keine Antwort gibt. Glücklicherweise wurde gestern dem Gespräch über Moses vom April-Kind selbst ein Ende gesetzt, indem es sich plötzlich daran erinnerte, daß ich seinen liebsten Besitz, eine holländische Puppe Mary Jane, noch gar nicht gesehen und bedauert hatte, obwohl sie durch einen beklagenswerten Unfall beide Beine verloren hatte. Damit verschwand sie wieder im Schulzimmer, fischte die Puppe aus dem hintersten Winkel hervor, der den Versehrten vorbehalten war, und warf sie mir ins Gesicht, ehe ich noch erschöpfend über die Art und das Ausmaß meiner Liebe zu Moses hatte nachdenken können – denn ich versuche immer gewissenhaft zu sein – und noch ehe ich mich für die nächste Frage gewappnet hatte.

»Schau sie dir doch an, meine arme Mary Jane«, sagte sie, und Hand und Stimme zitterten vor zärtlichem Mitgefühl, während sie die Puppenunterröckchen hob, um mir einen vollen Eindruck der schrecklichen Verletzung zu gewähren, »schau doch nur, Mamsi, keine Beine mehr, nur Unnerzeuch und sonst gar nix.«

Ich wünschte, sie sprächen ein bißchen besser Englisch. Die Mühe, die ich mir gebe, um sie zu korrigieren und um die deutschen Wörter auszumerzen, die wie Unkraut zwischen allen ihren Sätzen sprießen, ist wirklich erschöpfend, und das Ergebnis entmutigend.

Im Gegenteil, je älter sie werden, desto mehr verfestigt sich das Deutsche und droht, das bißchen Englisch, das sie noch im Kopfe haben, vollkommen zu verschlingen. Ich rede mit ihnen Englisch, unerschütterlich, aber alle anderen, auch das kleine französische Kindermädchen, das wir kürzlich importiert haben, sprechen ausschließlich Deutsch. Jemand hat mir geraten, die Kinder, solange sie noch klein sind, fremde Sprachen einfach aufschnappen zu lassen, weil sie sie in dieser Zeit noch so selbstverständlich wie Essen und Trinken aufnehmen und gar nicht merken, daß sie eigentlich etwas lernen. Daraufhin habe ich sofort dieses französische Fräulein in die Familie importiert, wobei ich mir nicht klargemacht hatte, wie wackelig ihr Englisch ist, und das Resultat ist nun, daß sie ihre Tage gemeinsam in dem eifrigen Entzücken verschwenden, der Mademoiselle Deutsch beizubringen. Die Kinder waren zuerst ganz verblüfft, daß sie wirklich kein Wort von dem verstand, was sie sagten, und fingen sofort und mit Feuereifer an, diesen ärgerlichen Zustand zu ändern. Da das Verhältnis drei zu eins steht und sie überaus energisch sind und weil Mademoiselle eine kleine verhuschte Person mit einem Profil wie eine Teekanne ist, die aufgezwirbelten schwarzen Haare als Henkel, stand der Erfolg von Anfang fest. Mademoiselle hat sehr hübsche Fortschritte in ihrem Deutsch gemacht oder sich zumindest alle Fehler der Kinder gründlich angeeignet. Sie streicht mit dem verschreckten Blick eines Menschen durch den Garten, der in Welten leben muß, die er noch nicht begreift, und die drei klammern sich an ihre Röcke und geben ihr voller Begeisterung den ganzen Tag lang Unterricht.

Arme Séraphine! Was gehört für ein Mut dazu, mit achtzehn den Anker zu lichten und in ein unbekanntes

Land zu gehen, an einen Ort, wo man vollkommen unter Fremden ist, ohne einen Freund, ohne die Fähigkeit, auch nur ein einziges Wort der neuen Sprache zu sprechen, und sogar ohne die Gewißheit, ob man auch nur genug zu essen bekommen wird. Das ist entweder die traurigste Art von Mut, nämlich die Verzweiflung, zu der die Schwachen gezwungen werden, oder, wie es Doktor Johnson vermutlich formuliert hätte, der schiere Mangel an Gefühl. Und wenn ich sie mir betrachte, so fürchte ich, daß ich diesem Apostel des gesunden Menschenverstandes stillschweigend zustimmen muß und es als sicher nehme, daß sie keiner tiefen Empfindung fähig ist, hauptsächlich deshalb, weil sie eine unverkennbare Ähnlichkeit mit einer Teekanne hat. Ist es nicht unerträglich, daß ein Mensch, vielleicht mit der himmelsschönen Seele eines Engels ausgestattet, ein Hort der süßesten Klänge und Harmonien, von der Umwelt verspottet und übersehen wird, nur weil ihn die Natur um ein anständiges Kinn betrogen hat? Ein Kinn wird vom gemeinen Volk hoch bewertet, und wer kann sich diesem Vorurteil und dem Einfluß der Allgemeinheit ganz entziehen?

Ich beispielsweise nicht, obgleich ich theoretisch vollkommen dem Glauben widerspreche, der Leib sei ein Abbild der Seele. Hat nicht jeder von uns Freunde, die, wie wir wissen, alles Edle und Gute über alle Maßen verehren, aber selber keineswegs gut und edel aussehen? Und was ist mit all den strahlenden Schönheiten, die nichts auf Erden lieben als sich selbst? Und trotzdem – wer auf der Welt schert sich um eine Seele, so bescheiden, so herzensgut, so anmutig sie auch von der Natur ausgestattet sein mag, wenn sie in einem Körper ohne Kinn steckt? Niemand nimmt sich die Zeit, die Seele eines Menschen zu erforschen, und wer ein fliehendes Kinn hat, muß damit leben, etwa so nachsichtig und wohlwollend wie unsere armen Verwandten behandelt zu werden, oder sich einen Bart wachsen lassen. Und diejenigen, die ihres Geschlechtes wegen von diesen glorreichen Möglichkeiten ausgeschlossen sind, aber über einen Verstand verfügen, müssen sich besonders hüten, mit Menschen- und Engelszungen zu reden, denn nichts wirkt so lächerlich wie erhabene Worte und poetische Ideen, wenn sie mit einem unpassenden Gesicht vorgetragen werden.

Ich wünschte mir wirklich, wir ließen uns nicht so leicht vom Äußeren der anderen beeinflussen. Manchmal wird mir ein Freund im Laufe einer langjährigen Korrespondenz ganz unbeschreiblich lieb und teuer, ich erkenne, wie schön seine Seele ist, wie scharf sein Intellekt, wie großmütig sein Herz und wie er bereits jene Eigenschaften in Vollendung besitzt, nach denen ich schon so lange und so vergeblich strebe, nämlich Güte, Geduld und Einfachheit. Es ist nicht so, daß ich ihn mit diesen bewunderten Eigenschaften ausstatte und mich ahnungslos in jenes süße Land der Illusionen begebe, in das unsere Schritte immer führen, wenn wir nicht aufpassen, es ist vielmehr sein wahres Ich, das er unbewußt in seinen Briefen enthüllt, den wirklichen Mann, nur ohne seinen Körper. Dann treffe ich ihn wieder, und alle Illusionen zerplatzen, er ist so anständig und liebenswert, wie ich ihn immer gefunden habe, wenn wir beide zusammen sind, aber irgendeine Marotte, irgendeine bestimmte Geste, die ich nicht ausstehen kann, läßt mich alles vergessen, ja: löscht alles, was ich aus Briefen als sein wahres Wesen erkannte. Und umgekehrt geschieht wohl das gleiche. So hängt ein dichter Schleier zwischen uns, den wir, so sehr wir auch zappeln, nicht überwinden können.

»Na gut, was hast du von dem Ganzen?« fragte ungeduldig mein Grimmiger, der mit seinem Gewehr und seinen Hunden zur Verandatür hinausging, um die Eichhörnchen zu schießen, ehe sie zu viele Singvögel erwischt haben, und dem ich im Vorübergehen die Hand auf den Jackenärmel legte, um ihn wie einen überzähligen Hochzeitsgast bei mir zu halten.

»Ich weiß nicht«, erwiderte ich, »vielleicht die Einsicht, daß die Welt sehr schlecht ist und die Zeiten immer schlimmer werden, aber das erklärt gar nichts, denn es ist nicht wahr.«

Damit schritt er lachend und kopfschüttelnd die Treppe hinunter und murmelte etwas, das ich nicht ganz verstehen konnte, worüber ich auch froh bin, denn die beiden Wörter, die ich genau hörte, waren *Frauen* und *Unsinn*.

Der Grimmige hat, sehr zu meiner Befriedigung, eine unerwartete Leidenschaft für die Landwirtschaft entwickelt, und obgleich wir zuerst nur probeweise auf ein Jahr hierhergezogen waren, ist jetzt schon das dritte verstrichen, und niemand erwähnt eine Rückkehr in die Stadt. Wenn er den Mund dazu nicht auftut, wird auch sonst kein Wort darüber fallen, denn ich bin in meinem Leben noch nie so glücklich gewesen wie in diesen drei Jahren, nicht einmal in meiner Kindheit, deren Zauberjahre ja immer herrlicher leuchten, je weiter sie sich entfernen. Diese Herrlichkeiten sind einfach, das ist wahr, und auch dergestalt, daß sie ein Weltkind leicht dazu verlocken, die Nase zu rümpfen. Aber wer kümmert sich um gerümpfte Nasen? Ich bin einfach ich und nie der gesegneten Freiheit überdrüssig. Selbst scheinbar so unbedeutende Kleinigkeiten wie ein Spaziergang ohne Hut, Handschuhe und Schleier besitzen einen geheimen Charme, der sich niemals abnutzt und von dem ich nie genug bekomme. Es ist klar, daß ich für ein friedliches Landleben geboren worden bin, und friedlich ist es hier wirklich. So sehr, daß die Tage mir manchmal mehr wie ein Traum statt als Wirklichkeit erscheinen, es sind ruhige Tage zum Lesen und Nachdenken und zum Betrachten des wechselnden Lichtes, des Wachsens und Welkens der Blumen, kühle stille Tage, an denen das Leben so voller Wonne ist, daß man einfach singen muß, weil man so glücklich ist. Warme ruhige Tage, in denen man in einem versteckten Winkel im Gras liegt und den Wolken beim Wandern zuschaut – das hat, wie ich gern zugeben will, nicht viel mit damenhafter Würde zu tun, aber wie erbaulich ist es doch. Jeden Morgen beschert es mir immer wieder neues Vergnügen, etwas so Einfaches zu tun, wie meine Schlafzimmerfenster zu öffnen. Genau darunter liegt ein Beet mit voll erblühten Nachtviolen; um diese Stunde ist es im Schatten des Hauses, dessen Giebel sich scharf auf dem daneben liegenden Rasen abzeichnet. Und in dem Augenblick, in dem sie sehen, daß ich mich hinausbeuge, senden sie mir ihren Morgenduft empor, sorgfältig darauf bedacht, die hübsche deutsche Sitte des Morgengrußes nicht zu vergessen. Ich rufe den meinen zurück, in viele liebevolle Wörter gekleidet, und dann steigt ihr Duft ganz zu mir empor und bedeckt mein Gesicht mit den zärtlichsten kleinen Küssen. Hinter ihnen, auf der anderen Seite des Rasens, also an der Westseite des Hauses, wächst eine dichte Fliederhecke, die jetzt in voller Blüte steht, und ich wünschte, jeder, der Flieder liebt, könnte sehen, was das bedeutet. Vor einem Jahrhundert etwa hat hier ein Mann gewohnt, der seinen Garten liebte. In jüngeren Jahren ging er jedoch genauso gern auf Reisen, vergaß dabei aber niemals diesen kleinen Erdenwinkel, der ihm gehörte, und brachte Samen von vielen merkwürdigen Bäumen mit, die hierzulande noch nie jemand gesehen hatte, und versuchte, sie in der fremden Erde wachsen zu lassen. Obgleich viele eingingen, schlugen einige wenige Wurzeln, wuchsen und gediehen und spenden mir heute zur Teezeit Schatten. Keiner weiß, was für Blumen er liebte und wie er seinen Garten anlegte, nur daß die elf Beete rund um die Sonnenuhr von ihm geplant wurden. Und daß er eine ganz besondere Vorliebe hatte, und das war der Flieder. Wir müssen ihm für die atemberaubende Schönheit des Gartens im Mai und im frühen Juni dankbar sein, denn er hat die dichten Gruppen von Hecken zwischen die Kiefern und Föhren pflanzen lassen. Wo immer sich ein Fliederbusch halten konnte, da wurde auch einer gesetzt, und niemals nur einfache Sorten, sondern eine erstklassige Mischung, weiß und purpurrot und rosa und lila. Auch muß er sie mit besonderer Sorgfalt und Planung gepflanzt haben, weil sie hier so ungebremst wie nichts anderes gedeihen, und mit ihrem dankbaren Grün halten sie die Erinnerung an ihn aufrecht, zumindest in meinem Herzen. An der Wand hinter unserem Kirchenstuhl befindet sich seine Grabplatte. Er ist hier im hohen Alter gestorben, erfüllt von dem Frieden, der die letzten Stunden eines aufrechten Mannes erfüllt, der seinen Garten liebt. Dem langen lateinischen Lob seiner Tugenden und seiner Vortrefflichkeit füge ich immer ein herzliches Amen hinzu, wenn ich sonntags daran vorübergehe. Wer würde nicht in das Lob für einen Mann einstimmen, dem er seinen Flieder verdankt, seine spanischen Kastanien, seine Tulpenbäume und seine Pyramideneichen? »Er war ein guter Mann, denn er liebte seinen Garten.« Das ist das Epitaph, das ich in seine Grabplatte hätte meißeln lassen, weil es einem den weit besseren Eindruck seiner Güte vermittelt und mehr aussagt als noch so viel hochtrabendes Latein. Wie hätte er auch anders als gut sein können, wo er seinen Garten doch so liebte – diesen göttlichen Filter, der alles Grobe aus uns heraussiebt und uns jedesmal, wenn wir uns in ihm aufgehalten haben, klarer, reiner und vom Kummer befreit entläßt?

16. Juni – Gestern morgen bin ich um drei Uhr früh aufgestanden und schlich mich durch die hallenden Flure und die ungewohnt dunklen Räume, schob mit aufgeregten Händen die Riegel der Verandatür zurück und trat in eine wunderbare unbekannte Welt hinaus. Ich blieb ein paar Minuten reglos auf den Treppenstufen stehen, erschauernd fast vor der Ehrfurcht gebietenden Reinheit der Natur, da alle Sünden und Häßlichkeit noch im Schlaf liegen und ausgeschlossen bleiben, da nichts als Schönheit herrscht. Es war schon hell, doch in dem wolkenlosen graublauen Himmel hing noch ein leuchtender Mond. Die Blumen waren schon aufgewacht und sättigten die Luft mit ihren Düften. Eine Nachtigall saß ganz dicht bei mir in einer Hainbuche und kündigte mit ihren lauten Schlägen das Nahen der Sonne an. Vor mir lag die Sonnenuhr, da blühten die Rosenbüsche, der Stiefmütterchenstrauß lag immer noch mitten auf dem Pfad, wo ich ihn in der vergangenen Nacht verloren hatte, aber wie fremd und unvertraut sah alles aus, wie weihevoll – als ob sich dort Gott gerade in der erquickenden Kühle der Frühe ergangen hätte. Ich folgte dem Pfad, der auf der Ostseite des Gartens zum Fluß führt, schob die Nachtviolen beiseite, die sich trunken von Tau darüberneigten. Die Rittersporne an meinen beiden Seiten reckten ihre himmelblauen Speere dem stählernen Blau des Firmaments entgegen, und die großen Mohnblüten glühten wie Blutflecken im Grau und Blau und matten Perlenweiß des unschuldigen, neugeborenen Tages. Am Gartenufer des Flusses wächst eine lange Reihe Silberbirken, und am anderen Ufer reicht ein Roggenfeld mit seinen staubiggrauen Wogen bis zu dem Teil des Himmels, wo schon ein düsterer Streifen glimmt. Ich ließ mich auf dem krummen, fast am Boden liegenden Stamm einer Birke nieder und wartete, die Füße im hohen Gras, die Hausschuhe vom Tau durchnäßt. Durch die Bäume hindurch konnte ich das Haus mit seinen geschlossenen Fensterläden und herabgezogenen Blenden erkennen. Alle Menschen darin versäumten die Schönheit des Daseins zu dieser Stunde, so wie ich es Tag für Tag versäumt hatte. Gleich hinter mir endete das Beet mit Nachtviolen und Rittersporn, und als ich den Kopf umwandte, um eine heimlich schleichende Katze zu beobachten, streifte mein Gesicht eine feuchte Blütendolde und bekam die erste Morgenwäsche. Es war wunderbar ruhig, und die Nachtigall in der Hainbuche hatte die ganze Natur nur für sich, während ich reglos dasaß und zuschaute, wie die Glut im Osten immer röter brannte. Es war wunderbar ruhig und so außergewöhnlich schön, weil man das Tageslicht immer mit Menschen verbindet, mit Stimmengewirr und Geschäftigkeit und Hinundherlaufereien, mit der Mühsal der Arbeit, um unsere Mägen zu ernähren und die Körper zu pflegen, damit wir arbeiten können, um sie wiederum mit Nahrung vollzustopfen. Hier aber war die Welt hellwach und gehörte dennoch nur mir, die ganze frische reine Luft war nur für mich da, all die Blüten dufteten nur für mich, keine Menschenseele außer mir hörte die Nachtigall, die Sonne, die in ein paar Minuten aufging, wärmte nur mich, nirgendwo fiel ein hartes Wort, nirgendwo geschah aus Selbstsucht eine schurkige Tat, nirgendwo fiel ein Flecken auf die gesegnete Reinheit der Welt, so wie sie Gott uns gegeben hatte. Wer an Engel glaubt, spürt in einem solchen Augenblick, daß sie uns am meisten lieben, wenn wir schlafen und einander nichts antun können. Und was für eine Gnade, daß wir alle vierundzwanzig Stunden zu müde werden, um uns weiter zu kränken! Die Türen sind geschlossen, die Lichter gehen aus, selbst die schärfste Zunge schweigt, und wir alle, die wir zanken und ausgezankt werden, Glückliche und Unglückliche, Herren und Knechte, Richter und Schelme, sind wieder wie Kinder, müde, verschüchtert, hilflos und erlöst. Man muß den Schlaf als Segen loben, der uns ein Stück zurück zu unserer kindlichen Unschuld schickt. Sind nicht unsere ersten Impulse nach dem Erwachen immer gut? Wissen wir nicht alle, wie in Zeiten der Bedrängnis unsere ersten Gedanken nach dem Schlummer der Nacht immer glücklich sind? Wir haben geträumt, wir seien glücklich, und wir erwachen mit einem Lächeln und begegnen unserem schweren Kummer noch mit einem Lächeln, ehe wir ihn erkennen.

Keine Wolke war am Himmel, und dann, während ich zuschaute, glitt die Sonne rasch aus dem Roggen, eine große, nackte, rote Kugel, und das Grau des Feldes wurde gelb, lange Schatten lagen auf dem Gras, und die taufeuchten Blüten funkelten wie Edelsteine. Und während ich noch dasaß und zuschaute, über alle Maßen glücklich, fiel plötzlich die Gewißheit von Kummer, Leid und Tod wie ein schwarzer Vorhang zwischen mich und die Schönheit des Morgens. Und dazu dieser andere Gedanke, den zu ertragen es unseren ganzen Mut verlangt – die Erkenntnis der entsetzlichen Einsamkeit, in der jeder von uns lebt und stirbt. Oft hätte ich aus Mitleid mit unserer Not in Tränen ausbrechen können über das Pathos unserer vergeblichen Versuche, uns zu trösten. Mit welch verzweifelter Geduld ersinnen wir tröstliche Theorien, die in Zeiten des Unheils unsere bebenden und wund gescheuerten Seelen behüten sollen, und wie erschreckend oft versagt diese kunstvolle Konstruktion gerade dann, wenn das Schicksal zuschlägt.

Ich stand auf und wandte mein Gesicht von dem unerträglichen und gleichgültigen Glanz ab. Millionen kleiner Sonnen tanzten vor meinen Augen, als ich am Flußufer entlang zur Bank an der Eiche in meinen Frühlingsgarten ging, wo ich mich ein wenig hinsetzte und mir den Morgen von dort betrachtete, ihn in tiefen Atemzügen einsog und beschloß, an nichts mehr zu denken, sondern einfach glücklich zu sein. Was für ein Duft von frisch gemähtem Gras! Wie funkelten die kleinen Haufen, zu denen es am vorigen Abend zusammengerecht worden war, wenn die Sonne die Tautropfen traf! Und da drüben begann der Klatschmohn zu glühen – flammte kühn der Sonne ins Gesicht, Feuerbrand gegen Feuerbrand. Ich ging quer über das feuchte Gras zu der Hängematte unter der Buche auf dem Rasen, legte mich einen Augenblick hinein und versuchte, im Takt des Nachtigallenschlages zu schaukeln. Dann ging ich zum Eiskeller hinüber, um nachzuschauen, wie Goethes Ecke zu dieser Morgenstunde aussah. Anschließend schlenderte ich zu dem Föhrenhain am Ende des Gartens hinunter, wo das Licht schräg durch die grünen Stämme fiel, und überall fand ich dasselbe Geheimnis, dieselbe Verlassenheit und Leere, dasselbe Wunder. Gegen vier Uhr kehrte ich wieder ins Haus zurück, weil ich nicht auf die Gärtner zu stoßen wünschte, meine kleine Stunde der Stille nicht zum Gesprächsthema machen wollte, ganz besonders nicht meinen Morgenrock und meine Hausschuhe. So pflückte ich einen Strauß Rosen und huschte ins Haus, und gerade, als ich leise den Riegel zuschob, voller Angst, für einen Einbrecher gehalten zu werden, hörte ich die erste Wasserkarre des Tages quietschend um die Ecke biegen. Verstohlen schlich ich in mein Zimmer hinauf, und als ich um acht Uhr aufwachte und neben mir die Rosen in einem Glas erblickte, fiel mir mein morgendliches Abenteuer wieder ein, aber so, als sei es Jahre her.

Hier hatte ich nun ein Erlebnis genossen, das ich nicht so rasch vergessen würde, etwas sehr Kostbares und Persönliches, im Innersten meines Herzens empfunden, ein Gefühl, als ob ich die Welt ertappt und so gesehen hätte, wie sie wirklich ist, wenn sie sich nicht vor allem möglichen in acht nehmen muß, als ob ich dem wahren Kern der Dinge ganz nah gewesen wäre. Die stille Heiligkeit jener Stunde kommt mir jetzt noch viel geheimnisvoller vor, weil gestern gleich nach dem Frühstück ein Wind aus Nordwest zu blasen begann und seitdem nicht aufgehört hat. Wenn ich aus dem Fenster blicke, kann ich gar nicht glauben, daß es derselbe Garten ist, über den jetzt die Wolken treiben, schwarz aufgetürmt, um immer wieder Regenschauer auf seine überrumpelten und hilflosen Bewohner prasseln zu lassen, die ihre Wurzeln nicht aus der Erde ziehen und um ihr Leben rennen können, was ihnen sicher am liebsten wäre. Wie niederschmetternd für eine Pflanze, wenn sie gerade voll Stolz ihre lieblichsten Blüten entfaltet hat, die Blüten, von denen sie den ganzen Winter lang geträumt hat und für die sie in den kalten Frühlingswochen so emsig unter der Erde gearbeitet hat, und dann kommt ein tückischer Guß von fünf Minuten, entblättert sie und schlägt sie nieder und bespritzt die zarten Blütenblätter unwiderruflich mit Schmutz. Alle Beete sind schon mit Opfern des Sturmes übersät, und wer dem einen Schauer entkam, wird vom nächsten Sturm gebeugt werden. So muß wohl auch ich mich mit der vollkommenen Zerstörung der Blumen abfinden, die ihre höchste Pracht erreicht hatten – die Blüten der weißen Nachtviole, die mir vor hundert Jahren das Gesicht gewaschen hat, sind auch betroffen, und sie muß getrost auf die Entfaltung der nächsten Knospengeneration vertrauen, die jetzt noch keine Verletzungen davongetragen haben.

Diese Stürme sind mir vertraut, sie kommen plötzlich, immer aus Nordwesten und immer mit Kälte. Sie verwüsten mir ein oder zwei Tage lang meinen Garten, im Sommer stellen sie meine Geduld auf eine harte Probe und zu allen Jahreszeiten meine Haut. Ich fühle für sie aber auch eine gewisse Wertschätzung wegen des wunderbar klaren Lichtes, das sie mitbringen, der Tiefe des kalten Blaus im Himmel und wegen der düster glühenden Schwärze der Wolken, die sich in der nächsten Stunde zum göttlichen Weiß verwandelt. Sie rasen mit Sausen und Brausen über das Flachland, als ob zehntausend Teufel mit ihren Peitschen hinter ihnen her wären, aber wenn dann die Sonne dem Treiben Einhalt befiehlt, kann die launische Natur nichts bieten, was die klare Schärfe der Luft überträfe. Alles Weichliche und Unbestimmte ist fortgeblasen, jedes Blatt und jeder Zweig glitzert kalt und hell. Der Nordweststurm weiß nicht, was sich schickt, er behandelt uns genauso wie den Garten, aber mit entgegengesetzten Ergebnissen. Wenn ich die Kinder anschaue, kann ich sehen, wie er uns die Sanftheit rücksichtslos aus dem Gesicht reibt, und ich vermeide den bestätigenden Blick auf mein eigenes Spiegelbild. Aber so ein Sturm ist voll Leben, voll intensivem, leidenschaftlichem, robustem Leben, und wenn er sich im Oktober nach wochenlangem heiteren Wetter plötzlich mit aller Wucht und Wildheit auf uns stürzt, wenn dazu die Kälte einbricht und den Bäumen innerhalb einer Stunde das Laub von den Zweigen gerissen wird – was ist das für ein erquickendes Gefühl! Man spürt: Das ist der erste Hauch des Winters, es ist die Zeit, sich wieder zusammenzunehmen, die Zeit der Arbeit, der Disziplin und des Lebensernstes, es ist die unerbittliche Zeit, die uns zwingt, den Tatsachen ins Antlitz zu blicken, Träume und Müßigkeit beiseite zu schieben, um zu zeigen, aus welchem Stoff wir gemacht sind. Keiner kann wahrscheinlich den Sommer, die geliebte Zeit der Träume, leidenschaftlicher lieben als ich. Dennoch empfinde ich nicht das Verlangen, sie dadurch zu verlängern, daß ich nach Süden eile, sobald der Winter naht, und so das Jahr um die Hälfte seiner Lehren zu betrügen. Es ist angenehm, und es erweitert den Horizont, zwischen Blumen und Pflanzen herumzutänzeln, aber für Leib und Seele ist es genauso unumgänglich, diese Genüsse ein paar Monate lang zu unterbrechen, damit wir auch diese grimmige andere Seite des Lebens wieder wahrnehmen. Einen langen harten Winter von Anfang bis zum Ende ohne Wanken durchzustehen, ist eine der heilsamsten Erfahrungen dieser Welt. Da gibt es kein Zögern; auch wenn man wollte, könnte man mitten in seinem tödlichen Ernst nicht in feinsinnigen Gefühlen und verwöhnten Launen schwelgen. Das Thermometer sinkt auf zwanzig Grad minus, Réaumur, und zusammen mit ihm stürzt man auf den Boden der Tatsachen, gerät in jenen elementaren Zustand, in dem alles schwerwiegender als sonst erscheint – Gesundheit und Krankheit, Freude und Kummer, Leidenschaft und Verzweiflung. Man denkt an die ärmeren Nachbarn und sucht sie auf, um sich zu vergewissern, ob sie mit ausreichend Heizung und Nahrung für den langen Kampf ausgestattet sind. Und im eigenen Hause zieht es einen enger denn je zueinander. Draußen ist es zum Gehen zu kalt, deshalb läuft man und wird von der Überzeugung belohnt, daß man nicht älter als fünfzehn sein kann. Oder man hüllt sich in Pelze und fliegt mit dem Schlitten über den Schnee und meint, nie eine süßere Musik als seine Glöckchen gehört zu haben. Oder man schnallt sich die Schlittschuhe an, und schon schwebt man über den Teich, zu dem man so oft in den Juninächten gefahren ist, wenn er rosig im Widerschein des verglühenden Sonnenuntergangs lag, lebendig vom Gewimmel der Wildenten und der Regenpfeifer. Jetzt liegt er einsam und verlassen, bis auf das Singen der Schlittschuhkufen, in tiefem Schweigen da, wenn es nicht meine Wärme und Fröhlichkeit gäbe. Auch die frühe Dunkelheit und die heitere Teestunde am Kaminfeuer und die langen Abende zwischen meinen Büchern würde ich nicht gern vermissen. In solchen Augenblicken bin ich froh, daß ich nicht in einer Höhle lebe, was ich mir, wie ich mir gestehen muß, in meinen übermütigeren Momenten manchmal gewünscht habe. In solchen Augenblicken fällt es mir am leichtesten, den Ermahnungen meines Grimmigen bereitwillig zuzuhören. In solchen Augenblicken liebe ich geradezu das Heulen des Windes, und dann stimme ich, während ich mir die Füße am Feuer wärme, aus ganzem Herzen den Worten des Dichters zu: Alles, was wir wahrnehmen, sei voll des Segens.

Aber was ist trostloser als ein kalter Sturm im Hochsommer? Ich fröstele schon den ganzen Tag lang und bin niedergeschlagen, fühle mich eingeschlossen hinter den regenüberströmten Fenstern. Die Aussichten auf ein Feuer sind weit entfernt, weil mir dies zwischen zwei Hitzewellen absurd erscheint. Ein- oder zweimal griff ich fast zur Glocke, und ich war schon im Begriff, um ein Feuer zu bitten, da brach die Sonne hervor, und es war wieder Juni, und ich lief beglückt in den tropfenden funkelnden Garten hinaus, nur um fünf Minuten später von einem noch ärgeren Wolkenbruch wieder hineingescheucht zu werden. Ich wanderte ruhelos um meine Säule herum, suchte nach dem Buch, das mich in der gegenwärtigen Situation am besten würde unterhalten können, aber sie sahen alle nur trübselig aus, verschlossen und abweisend. So vergrub ich mich in einen sehr tiefen Sessel und dachte darüber nach, ob es bei einer Kette von solchen Tagen nicht angebracht wäre, ein paar nette Leute einzuladen. Sie würden sich mir gegenüber in all den anderen tiefen Sesseln niederlassen, die mir jetzt so ungewöhnlich groß und leer erschienen. Als der Grimmige zum Tee kam, hingen draußen die Wolken so tief, daß der Raum fast im Dunkeln lag. Er mußte erst einen Augenblick suchen, ehe er mich erblickte. In der Düsternis dieses großen Raumes muß ich wohl sehr verloren gewirkt haben, auch kleiner als sonst in diesem ausladenden Sessel, denn als er mich schließlich entdeckte, zog sich sein Gesicht in einem ganz unangemessen vergnügten Lächeln in die Breite.

»Tja, mein Liebes«, sagte er wohlwollend, »ganz schön kalt.«

»Bist du gekommen, um mir das zu verkünden?« fragte ich.

»Dieses Wetter ist für den Sommer höchst ungewöhnlich«, fuhr er fort, worauf ich gar nichts erwiderte.

»Ich hab dich zuerst zwischen all diesen Kissen und Sesseln gar nicht erkannt, das heißt, gesehen habe ich dich schon, aber es ist so dunkel, daß ich dich für ein Kissen gehalten habe.«

Nun hat es wohl keine Frau sehr gern, als Kissen betrachtet zu werden, und deshalb stand ich auf und begann, mit eisiger Würde, den Tee zu bereiten.

»Ich fürchte, ich bin gezwungen, das Versprechen zu brechen, niemanden hierher einzuladen«, sagte er und beobachtete dabei mein Gesicht sehr genau. Mein Herz machte einen Sprung, unverkennbar – so schwach ist die Beständigkeit und die Seelenkraft einer Frau. »Es ist aber nur für eine Nacht.« Mein Herz sank, als sei es aus Blei. »Und ich habe gerade ein Telegramm bekommen, daß es sich um heute handelt.« Und schon hüpfte mir mein Herz mit einem fröhlichen Sprung bis zum Halse.

»Wer ist es denn?« fragte ich. Daraufhin berichtete er mir, es sei ein unbedenklicher Übernachtungskandidat, nämlich der Nachfolger für unseren Pastor, der zum Superintendenten, dem höchsten Rang der lutherischen Kirche, befördert worden war. Der Sturm mußte mich wirklich in die Knie gezwungen haben, daß ich mich selbst über den Besuch eines einzelnen Geistlichen so freute. Eigentlich ist mir die ganze Gilde der lutherischen Pastoren zuwider – gleichgültig ob das nun ihre Schuld ist oder meine. Derjenige, den wir verlieren werden, ist der einzige, den ich aus ganzem Herzen achten, bewundern und schätzen kann. Aber er ist in seiner aufrechten Frömmigkeit, seiner vollkommenen Schlichtheit und echten Demut eine Ausnahme, und obgleich ich genau weiß, wie unwahrscheinlich es ist, daß wir einen ebenso guten finden werden, und obgleich ich mich für den Eifer verachtete, mit dem ich ein neues Gesicht herbeisehnte, konnte ich nichts dagegen tun, daß ich plötzlich fröhlich war. Das ist die Schwäche des weiblichen Gemütes, und zu solch unerwarteten Folgen führen zwei Monate völliger Abgeschiedenheit und ein Sturm von achtundvierzig Stunden Dauer als Dreingabe.

In den letzten Wochen erhielten wir zahllose Bewerbungen um diese Patronatsstelle, weil sie für diese Gegend außerordentlich gut dotiert ist, mit einem Jahreseinkommen von sechstausend Mark, einem anständigen Haus und mehreren Morgen Land. Mein Grimmiger war von der mühseligen Arbeit der Wahl ganz mitgenommen. Laut den Empfehlungsbriefen handelte es sich ausschließlich um vortreffliche Persönlichkeiten und unübertreffliche Prediger, aber wenn man genauer nachforschte, mußte man einige Abstriche machen. Der eine war zu alt, der andere nicht alt genug. Einer hatte zwölf Kinder, das Pfarrhaus bot jedoch nur Platz für acht, einer hatte ein zänkisches Weib, der nächste zeigte in seinen politischen Ansichten liberale Neigungen, was ein schweres Manko war; einer steckte in Geldschwierigkeiten, weil er mehr auszugeben pflegte, als er besaß, was jedoch kaum verwunderlich erschien, wenn man erfuhr, was er verdiente; und wieder ein anderer war in seiner Gemeinde unbeliebt, weil er und seine Frau zu den Geizhälsen gehörten und überhaupt nichts ausgaben. So war es unterdessen, wie der Grimmige erklärte, so weit gekommen, daß er das Patronatsrecht verlieren würde, wenn er sich nicht für jemanden entschiede. So hatte er den letzten Kandidaten hierher eingeladen, damit er ihn anschauen und in bezug auf seinen Glauben auf Herz und Nieren prüfen konnte.

Ich vergaß ganz und gar meine Niedergeschlagenheit und meinen halbherzigen Entschluß, mein Einsamkeitsgelübde zu brechen und das Haus mit leichtsinnigem Volk zu füllen, als ich an diesem Abend dem heiteren Geplauder des kleinen Pastors lauschte. Er war so vergnügt, obwohl das Leben, das er führte, dazu kaum Anlaß gab, ein Leben, wie es der großen Mehrheit der deutschen Geistlichen entsprach, bei denen die üppigen Pfründen so rar sind wie überall. Mit sympathischer Offenheit erzählte er uns alles über sich, wie er sich mit einer Frau und sechs Kindern und einem Einkommen von zweitausend Mark eingerichtet hatte und wie es ihn oft große Mühe kostete, sie alle in Schuhen ohne Löcher laufen zu lassen. »Ich entwerfe ständig Haushaltspläne«, sagte er, »aber die Schusterrechnung ist immer viel höher, als ich erwartet habe, und das wirft dann meine Berechnungen wieder vollständig über den Haufen.«

Natürlich kränkelte seine Frau, aber seine Älteste, ein Mädchen von zehn, übernahm bereits den größten Teil der mütterlichen Pflichten, das arme Ding. Er gab sich vollkommen natürlich und sagte uns klipp und klar, er wäre von vielen drückenden Sorgen befreit, wenn unsere Wahl auf ihn fiele, woraufhin ich im stillen beschloß, daß ich vom Grimmigen Abstand nehmen würde, wenn die Wahl nicht auf den kleinen Pastor fiele.

»Hast du ihn mit Fragen über seine Prinzipien gequält?« fragte ich, als ich den Grimmigen erwischte, wie er gerade von einem Gespräch unter vier Augen kam.

»Prinzipien? Meine liebe Elizabeth, wie kann er bei einem solchen Einkommen Prinzipien haben?«

»Wirst du ihm ankreiden, wenn er kein Konservativer ist, und das kleine Mädchen dazu verdammen, weiter wie eine Erwachsene schuften zu müssen?«

»Meine liebe Elizabeth«, protestierte er, »was hat meine Entscheidung für oder gegen ihn mit dem Schicksal kleiner Mädchen zu tun? Ich kann mich wirklich nicht von Gefühlsseligkeiten leiten lassen.«

»Wehe, wenn du ihm die Pfarre nicht gibst!« Ich hob einen fürchterlich mahnenden Finger, über den er aber nur lachte, während er den Rückzug antrat.

Als der Pastor gute Nacht sagte und gleichzeitig auf Wiedersehen, weil er am nächsten Morgen sehr früh aufbrechen mußte, sah ich seinem Gesicht sofort an, daß alles in Ordnung war. Er beugte sich über meine Hand, stammelte Dankesworte und überschüttete mich mit einem solchen Schwall von Ergebenheitsschwüren und Segenswünschen, daß ich ganz selbstgefällig wurde und mich fühlte, als hätte ich irgend etwas Tugendhaftes vollbracht. Auch auf dem Gesicht des Grimmigen leuchtete so etwas, so daß ich allerdings zu der Meinung kam, daß wir die vakante Stelle schließlich nur nach unserem Gusto vergeben hatten, also eigentlich keinerlei Grund vorlag, uns als Wohltäter zu fühlen und auch noch so auszusehen. Aber auch jetzt noch, während der siegreiche Kandidat von seinem verdreifachten Einkommen und dem Triumph seiner morgigen Heimkehr träumt, ist dieser Glanz noch nicht ganz erloschen, und ich bade befriedigt in dem Bewußtsein des Erfolges, acht Menschen jener abscheulichen Sorgen enthoben zu haben, die alle Farbe aus dem Dasein der verschämten Armen raubt. Ich bin richtig froh, daß der neue Pastor viele Kinder hat, weil wir dann mehr Menschen glücklich machen können. Das kleine Einkommen würde sie wohlhabend machen, und sie würden zweifelsohne das brave und so bereitwillige älteste Kind wieder zu den Puppen und Schürzen entlassen. Jeder würde einen gewissen Anteil an jener unbezahlbaren Gabe bekommen, von der sie niemals etwas zur Verfügung gehabt hatten: Muße – Muße, um sich einfach hinzusetzen und einander zu betrachten und sich zu fragen, wer sie wirklich sind, welche Ziele sie haben und was sie wirklich mit ihrem Leben anfangen wollen. Und das ist – wie ich mir zu bemerken erlaube – ein wohltätiger Prozeß, der eben bei hundert Pfund pro Jahr geteilt durch acht gar nicht stattfinden kann.

Ich möchte wissen, ob sie feinfühlig genug sein werden, um jemals diese andere, dunklere Seite des Lebens zu entdecken, die nur von jenen wahrgenommen wird, die über reichlich Muße verfügen. Diesen empfindsamen Naturen mag die Tagesplackerei schrecklich vorkommen, und sie läßt sie auch das Beste im Leben versäumen, aber so lange sie sich mühen müssen und von früh bis spät damit beschäftigt sind, den Schein zu wahren, sind sie auch von der Last jener Ängste und Befürchtungen verschont, die denjenigen bedrücken, der Zeit zum Nachdenken hat. Wenn ich morgens in meine Wurstkammer gehe und Würste ausgebe, dann denke ich nie an etwas anderes als an Würste. Mein Horizont wird von ihnen begrenzt, meine ganze Tatkraft ist auf sie gerichtet, und während ich mich mit ihnen befasse, erfüllen sie mich so, daß die übrige Welt ausgeschlossen bleibt. Ich will damit nicht sagen, daß ich sie liebe; was das anbetrifft, so lassen sie mich im Gegensatz zu der Wirkung, die sie auf die meisten meiner Landsleute ausüben, relativ kalt. Aber es ist eine meiner Pflichten, den Tag mit Würsten zu beginnen, und ich bin jeden Morgen für die kurze Zeit, die ich zwischen ihren fettglänzenden Reihen verbringe und meine Mamsell beobachte, während sie die dünnsten emsig mit einer Art Bootshaken abnimmt, für alle anderen Erwägungen zwischen Himmel und Erde praktisch gestorben. Was bedeuten mir dann die großen Geheimnisse Liebe, Leben und Tod? Der einzige Gegenstand, der mich beschäftigt, ist die richtige Verteilung der Würste an das Personal, und ehe das nicht erledigt ist, müssen alle hartnäckigen Fragen und bösen Vorahnungen warten. Wären alle meine Tage damit ausgefüllt, hätte ich niemals Zeit zum Nachdenken, und würde ich niemals nachdenken, würde ich nie etwas empfinden, und würde ich niemals etwas empfinden, würde ich weder Qualen leiden noch mich leidenschaftlich begeistern. Auf diese Art und Weise würde ich selbst so etwas wie eine Wurst werden, und ich glaube, ich wäre sogar in dieser Form meinem Grimmigen nicht weniger lieb und teuer.

Ich weiß, was ich tun würde, wenn wir arm und vornehm wären: Die Vornehmheit könnte sich sofort zu all den anderen aufgeblasenen -heiten und -keiten scheren, vor allem zu der Nützlichkeit, der Respektierlichkeit und der Dummheit. Und ich würde frank und frei und arm mit einem Stück trockenem Brot dasitzen, einem Topf Geranien und einem Buch. Ich schätze, wenn ich ohne die Dinge auskäme, die man irrtümlicherweise für die notwendigen Attribute der Schicklichkeit hält, so wäre ich trotzdem immer noch imstande, mir eine Geranie zu leisten, denn ich sehe sie oft auf den Fensterbänken von Katen, wo es sonst nichts zu sehen gibt. Und wenn ich so preiswerte Vergnügen wie Denken und Lesen und in den Feldern Spazierengehen den fragwürdigen Genüssen der Konventionen – nur für die Leute von gegenüber den Schein wahren, ist immer vulgär – vorzöge, dann glaube ich sicher, daß ich noch genug übrig hätte, um mir einen Rettich für mein Brot zu leisten. Und wenn das Wetter gut wäre, und wenn ich ihn unter einem Baum verspeisen könnte und einem Rotkehlchen ein paar Krümel abgäbe, als Dank für sein fröhliches Gezwitscher, gäbe es dann ein zweites Geschöpf auf der Welt, so glücklich wie ich? Ganz bestimmt nicht.

Juli

11. Juli – Ich glaube, nach den Rosen sind die Wicken meine liebsten Blumen. Niemand, mit Ausnahme desjenigen, der sich damit wichtig machen will, kann die absolute Überlegenheit der Rose leugnen. Sie sitzt sicher auf ihrem Thron, und es bleibt nur eine einzige Frage offen: Welche Blume setzt man auf den zweiten Platz? Darüber habe ich lange nachgedacht, obgleich ich wahrscheinlich die ganze Zeit sicher war, daß sich irgendwo tief in meinem Herzen bereits die Wicken eingenistet haben. Und jeden Sommer, wenn die ersten aufblühen, und jedesmal, wenn ich durch den Garten gehe und auf sie treffe, dann murmle ich unwillkürlich: »Ihr seid die Schönsten, ihr süßen kleinen Schätzchen.« Und was ist das für ein Sieg, selbst von einem Menschen, der seinen Garten liebt, gleich nach den Rosen eingeordnet zu werden! Man denke nur an die prachtvollen Schönheiten, über die sie triumphieren – die Lilien, die Schwertlilien, die Nelken, die Veilchen, den schwankenden, zarten Klatschmohn, den stolzen Rittersporn, die kunterbunt leuchtende Kapuzinerkresse, die golden glühenden Ringelblumen und die flachen kühlen Stiefmütterchen.

Gerade jetzt steht ein Beet mit all diesen Blumen in voller Blüte, ein kleiner, sorgfältig ausgewählter Fleck fruchtbaren Bodens, etwa fünfzehn Meter lang und von unregelmäßiger Breite, dessen breitester Teil das östliche Ende des Weges um die Südfront des Hauses herum schließt und das sich zu einer feuchten ebenen Stelle neben einem Bächlein senkt, eigentlich nicht viel mehr als ein murmelndes Rinnsal. Dort, im feuchtesten Winkel, oben von der Sonne beschienen, die Füße aber kühl und feucht, gedeiht eine Gruppe japanischer Schwertlilien, und neben ihnen, etwas höher am Hang, weiße Lilien, so keusch im Ausdruck und so wollüstig im Duft. Daran schließt sich eine Gruppe Eibisch in den zartesten Schattierungen zwischen Rosa, Zitronengelb und Weiß an, rechts und links davon diese weißen Margeriten und Nachtkerzen und die eleganteste aller Mohnsorten, die Shirley heißt, etwas zur Seite dann eine Staude metallblauer Rittersporn, seitlich von weißen Lupinen überragt, und ringsherum und überall dazwischen Reseden, Sommerlevkojen und Federnelken und ein Dutzend anderer kleiner, aber nicht weniger reizvoller Pflanzen. Ich wünschte, ich wäre ein Dichter, damit ich die Schönheiten dieses Flecks angemessen beschreiben könnte. Wie es dort an diesem Nachmittag nach dem Regen in der Sonne funkelt! Aber keine seiner bezaubernden, zarten und duftenden Stauden ist mir so lieb und teuer wie die Wikkenhecke an der Nordwestecke dieses Beetes. Wicken haben so etwas unbeschreiblich Zartes und Liebliches, sind so rührend, wenn sie sich winden und recken und an alles anklammern, und dann diese langen dünnen Stengel, die diese so vollkommen geformten kleinen Schmetterlingsblüten, hauchartig zart wie Perlen und schwach in allen Farben schimmernd, an ihrer Spitze tragen. Alle sind rein und fehlerlos, alle befriedigen den Blick, keine, die häßlich wäre, nicht einmal weniger schön zwischen den anderen. Und auch im Hause ist außer einer schlichten Porzellanschale voll Rosen kein Blumenarrangement so entzückend wie eine Vase voll Wicken oder ein dicker Wickenstrauß in einem Delfter Krug. Was ist das für ein Überschwang von schimmernden und dennoch edlen Farben! Wie schön, wenn man in dem Augenblick, in dem man die Tür öffnet, von ihrem zarten Duftschwall eingehüllt und begrüßt wird! Und wenn man sich dann darüber beugt und das Gesicht in den Blüten vergräbt und sich dem Entzücken hingibt und sich gar nicht von ihnen trennen kann. Alle Menschen auf der Erde, die so eine zu Herzen gehende Begeisterung nicht kennen, tun mir wirklich unendlich leid. Sie sollte jedem Menschen mit wachen Augen und offenem Herzen vergönnt sein, und wenn man es recht bedenkt: Die meisten wahrhaft lohnenden Dinge sind für jedermann verfügbar. Wer sich nur zu einer Wanderung übers Land aufrafft, ja wer nur die kleine Mühe auf sich nimmt, über die Schwelle zu treten und die Augen aufzusperren, der kann schon über diese Reichtümer verfügen. Mit Tausenden dieser Geschenke werden wir von der Natur bei jedem Schritt, den wir machen, überschüttet, sie ist ein ständiges Geben und Segnen: der Anblick der ersten blassen Blüten ähnlich der Sternschnuppen auf den Büschen; das Sonnenlicht, gefiltert von einer Anemone, die man vor den blauen Himmel hält; der erste Schneefall im Herbst; der erste schmelzende Schnee im Frühling; die wühlenden, wilden Winde, die den Winter vertreiben und das welke wirre Laub in die Ecken fegen; der warme Geruch der Kiefern – und auch der Heidelbeeren –, wenn die Sonne auf ihnen steht. Der erste milde Februarabend mit seiner blaßgelben Himmelsglut hinter den schwarzen Bäumen voller Regenperlen, der anzeigt, daß die Tage länger werden. Der selige Schreck, mit dem man begreift, daß der

Winter vorbei ist und der Frühling kommt: ein paar Wochen später der Geruch der jungen Lärchen, der Strauß Himmelsschlüsselchen, den man küssen und immer wieder küssen muß, weil jede Blüte so vollkommen ist, so wahrhaft himmlisch hold, und weil alle Küsse der Welt ihn nicht übertreffen können. Wer das einmal empfunden hat, der würde die Freude über diese Dinge mit nichts mehr tauschen wollen, und wenn ihm auch die ganze Welt geboten würde, mit all ihren Rauchfängen und Ziegelmauern und Staub und ihrer trübseligen Langeweile. Und wir wissen ja, wenn man auch die ganze Welt gewinnt, so wiegt das nichts im Vergleich zum Verlust einer einzigen Seele.

Als ich eines Tages mit dem Verwalter des Gutes und seiner Frau durch ihren Garten ging, den sie allein in Ordnung hält, bemerkte ich zu meinem Erstaunen, daß sie gar keine Wicken hatte. Ich sprach von ihnen als Lathyrus odoratus, und weil sie kaum Latein konnte, verstand sie mich nicht. Dann nannte ich sie wohlriechende Wicken, und sie sagte, sie hätte noch nie von ihnen gehört. Die Vorstellung, daß ein Garten ganz und gar ohne Wicken, so anspruchslos, so bescheiden und dankbar, auskommen könnte, war mir noch nie in den Kopf gekommen. Solange ich zurückdenken kann, sind meine Sommer von ihnen erfüllt gewesen. Ich kann mich noch gut daran erinnern, wie ich damals, als ich noch in meinem eigenen Kinderwagen saß und die Hecken dreimal so hoch waren wie ich, von einer wehenden Wickenreihe umgeben war und wie ich sehnsuchtsvoll zu den Blüten hinaufstarrte, die so unerreichbar fern vorm Himmel tanzten. Als ich größer wurde und einen eigenen kleinen Garten hatte, kaufte ich für zwanzig Pfennige ein Tütchen Samen und zog mir eine Wickenhecke hinter dem Kaninchenstall, der das Hauptaugenmerk der Umgebung war. Ich säte noch anderes in jenem Garten aus, wofür ich mein ganzes Taschengeld geopfert hatte und die kühnsten Hoffnungen hegte, aber die Wicken waren das einzige, was wirklich wuchs. Das gleiche passierte mir hier in meinem ersten Sommer, weil meine gärtnerischen Fähigkeiten leider nicht in dem gleichen Maße wie meine Lebensjahre zugenommen hatten. Wieder kamen in diesem ersten Frühjahr von meiner ganzen Aussaat nur die Wicken heraus. Ich könnte nun behaupten, sie seien genau das richtige für alle, die über ziemlich wenig Zeit und noch weniger Erfahrung verfügen. Man kann einen Garten ausschließlich mit Wicken aufputzen, und viel Arbeit machen sie auch nicht, außer der angenehmen Beschäftigung, das Welke abzuzupfen, um die Blüte zu verlängern und die Hecke in eine elegante und anmutige Märchenlaube zu verwandeln. Aber die Frau des Verwalters hatte nicht nur niemals von ihnen gehört, sie war auch, als ich ihr einen Strauß Wicken zeigte, nicht im geringsten beeindruckt und führte mich statt dessen in ihrem Garten zu einigen dieser überaus vulgären roten Pfingstrosen, die zwischen ihren Johannisbeerbüschen wuchsen, und verkündete mit Nachdruck, dies seien ihre Lieblingsblumen. Ich hatte schon die Bemerkung auf den Lippen, daß es bei den heutigen Strauch-Päonien und den so verblüffend schönen Sorten, die mit ihren silbern angehauchten blassen Blättern riesigen Rosen gleichen, fast sträflich ist, sich mit diesen knallroten den Geschmack zu verderben; daß ein Mensch, der jedesmal, wenn er zum Fenster hinausschaut, nur so etwas sieht, sich sehr rasch sein natürliches Gefühl für das Schöne trüben läßt; daß es so einem Menschen nur gut anstünde, meinen Garten jeden Tag im Monat Mai zu besuchen, um sich durch den Anblick meiner Pfingstrosenbüsche, die über und über mit riesigen duftenden weißen und rosig errötenden Blüten bedeckt sind, wieder heilen zu lassen; und daß so ein Mensch dann am Ende dieser Kur, davon bin ich fest überzeugt, nach Hause laufen und seine eigenen Pflanzen auf den Misthaufen werfen würde. Aber was wäre dabei herausgekommen? Einer Frau Verwalter von vierzig, deren Hauptaufgabe im Buttern besteht, den Unterschied zwischen dem Schönen und dem Mangel an Schönheit zu erklären, würde wohl kaum zu den gewünschten Erfolgen führen. Und außerdem hat mich die Erfahrung gelehrt, daß man das, was einem auf der Zunge liegt, am gescheitesten hinunterschluckt. Ich wundere mich manchmal, warum sich Frauen immer einmischen müssen.

Es ist trotzdem ein Jammer, daß diese Dame auch nicht den geringsten Schönheitssinn besitzt, denn ihr Garten ist voll von Möglichkeiten. Er liegt genau nach Süden, ist im Norden, Osten und Westen von den Hofgebäuden abgeschirmt und verfügt über viele dieser alten Obstbäume und abgehärteten Stachelbeersträucher, die so eine solide Grundlage für die Gestaltung eines dieser herzerfrischenden kleinen Gartentypen abgeben, eine Mischung aus Blumen, Früchten und Gemüsen. Sie hat außerdem einen unschätzbar schlammigen Froschteich, einen beständigen Schatz übelriechenden Wassers, nach dem die durstigen Blumen so sehr verlangen. Und schließlich wohnt sie nicht mitten auf einem Bauernhof, mitten zwischen Dünger und Mist, so daß man nur einen Eimer und eine Schaufel brauchte, um sie in Rosen zu verwandeln? Die Menschen sind blind für die Möglichkeiten, und das stimmt mich traurig.

Ihr Teich ist übrigens ein Gegenstand des lebhaftesten Interesses unserer Kinder. Der Geruch scheint sie nicht zu stören, sie lieben schleimige Entengrütze, und so haben sie dort schon tagelang in großer Eintracht gespielt, bis das Juni-Kind unglückseligerweise hineinfiel und grün und wie ein Frosch gesprenkelt ins Haus gebracht wurde. Das brachte ans Tageslicht, wo sie vormittags immer gespielt hatten, nachdem sie Séraphine die Erlaubnis dazu abgerungen hatten. Natürlich gab es Aufregung und Geschrei, denn ich war fest davon überzeugt, daß sie sich alle Typhus geholt hatten. Ich steckte sie erbarmungslos ins Bett und verabreichte ihnen erst einmal Rizinusöl, das Öl der Sorgen, wie es Carlyle nennt. Es hatte keinen Sinn, nach dem Arzt zu schicken, denn wir haben gar keinen in der Nähe, eine Tatsache, die das Leben mit Kindern wundersam vereinfacht. Als wir noch in der Stadt lebten, kam der Arzt eigentlich kaum dazu, das Haus erst zu verlassen. Es verstrich kaum ein Tag, an dem nicht einer von unseren dreien einen Flecken hatte – oder mit dem ausdrucksvollen Wort der deutschen Sprache: einen Pickel –, und welche Mutter könnte an sich halten und nicht nach dem Arzt schicken, wenn er nur um die Ecke wohnt? Aber Ärzte sind wie schlechte Gewohnheiten – wenn man sie erst einmal abgelegt hat, entdeckt man, um wieviel besser man ohne sie lebt. Und soweit es die Kinder betrifft, reichen zwei einfache Heilmittel, um sie gesund und widerstandsfähig zu erhalten, seit sie mehr oder weniger im Garten leben: sofort ins Bett und Rizinus. Ich muß freilich gestehen, als ich hörte, wo sie gespielt hatten, war ich erschrokken, denn wenn der Wind aus dieser Gegend weht, erinnert er mich sogar mitten zwischen meinen Rosenbeeten an die Existenz des Teiches. So ließ ich sie drei

Tage lang im Bett, wartete angespannt auf Symptome, und in meinem Kopf tauchte immer wieder eine schreckliche Geschichte von einem kleinen Jungen auf, der Sodawasser getrunken, daraufhin Typhus bekommen hatte und gestorben war. Und wenn man, fragte ich mich mit einer für Frauen ungewöhnlichen Logik, schon nach Sodawasser stirbt, was kann nicht alles nach einem Froschteich passieren. Es passierte aber gar nichts, nur Getobe und schriller Gesang in höchsten Tönen und Geschrei nach größeren Essensportionen, als sie meiner Meinung nach Kindern zuträglich waren, die gerade eine gefährliche Krankheit ausbrüteten und die innerhalb der nächsten Stunden ausbrechen mußte. So durften sie denn nach einer angemessenen Zeit wieder aufstehen, wurden angekleidet und wieder frei gelassen, und von dem Tag an hat es überhaupt keine Symptome mehr gegeben. Der Teich wurde zuerst strikt als Spielplatz verboten, aber etwas später gestattete ich Ausnahmen, und jetzt dürfen sie bei Westwind zu einem aufgelassenen kleinen Friedhof westlich vom Haus gehen. Da können sie wenigstens die Frösche hören, und wenn sie geduldig sind, auch einen entzückten Blick auf sie erhaschen.

Der Friedhof liegt mitten in einem Föhrenhain, der den Garten der Frau Gutsverwalter an dieser Seite begrenzt, und ist seit Menschengedenken nicht mehr benutzt worden. Die Bewohner dieser Gegend legen ihre kleinen Friedhöfe gern und nach Möglichkeit mitten im Wald an, oft weit von der Kirche entfernt, zu der sie gehören, weil zwar jedes Dorf seinen eigenen Friedhof hat, sich aber drei bis vier Dörfer eine Kirche teilen müssen. Und in der Tat sind die Kirchen ja auch nicht so notwendig wie die Friedhöfe, denn obgleich wir nicht alle in die Kirche gehen, muß doch jeder sterben und unter die Erde gebracht werden. Einige dieser kleinen Begräbnisstätten liegen nicht einmal in der Nähe einer Ortschaft, man stößt nur ganz zufällig auf sie, wenn man durch den Wald fährt – eine eingezäunte Baumgruppe, die alten schmiedeeisernen Türen schief in den Angeln, die nie mehr betretenen Pfade grün von Moos, und ein schwarzer undurchdringlicher Schatten der verwilderten Bäume liegt auf den armseligen, bescheidenen und rührenden Grabsteinen. Ich streiche manchmal das Unkraut beiseite und versuche, die kargen Sätze auf den Grabplatten zu lesen, aber ihre Stimmen sind längst verstummt, Wind, Frost und Schnee haben sie im Laufe der Jahre erstickt. Nur ein paar verstreute Buchstaben sind übriggeblieben, ein letzter gestammelter Protest gegen das Vergessen.

Der Grimmige behauptet, alle Frauen würden von Friedhöfen magisch angezogen. Er liebt solche pauschalen Aussagen und ist manchmal merkwürdig feminin in seiner Neigung, ein allgemeingültiges Prinzip von einem Einzelfall abzuleiten. Die verlassenen kleinen Waldfriedhöfe interessieren und rühren mich, weil sie so ergeben in ihrer Einsamkeit sind, ganz und gar vergessen, von niemandem mehr gepflegt, und weil so viele lange Jahre verstrichen sind, seitdem die letzten Tränen auf die frisch aufgeschütteten Gräber gefallen sind. Jetzt weint niemand mehr um den Gatten, den Vater oder den Bruder, die hier beerdigt wurden. Vor vielen Jahren schon sind die Tränen getrocknet, die jemals hier für sie vergossen wurden – getrocknet wahrscheinlich schon, ehe auf dem Heimweg dieses Tor durchschritten wurde – und keiner hat die Verstorbenen mehr vermißt. Liebe und Trauer scheinen die erlesenen Blüten der Zivilisation zu sein, und sie sprießen am bereitwilligsten dort, wo das Leben der Muße und dem Überfluß den größten Platz einräumt. Die niedrigsten Triebe dagegen sind immer vorhanden und müssen als erste befriedigt werden, und wenn man deshalb von Sonnenaufgang bis zum Abend ohne Pause arbeiten muß, wie soll man Zeit und Kraft zum Trauern finden? Ich gehe oft mit den Kindern zu der Einfriedung neben dem Teich der Frau Gutsverwalter, und es kommt mir so natürlich vor, daß sie hier spielen, wie die weißen Schmetterlinge, die einander ungestört im Schatten jagen. Außerdem übt der Ort einen beruhigenden Einfluß auf sie aus; schon während wir uns nähern, werden sie stiller, und an brütendheißen Nachmittagen hocken sie friedlich so dicht am Teich, wie sie nur dürfen, vollkommen glücklich damit, auf das Auftauchen eines Frosches zu lauern, während sie sich mit mir über Engel unterhalten. Das ist an dieser Stelle ihr Lieblingsthema. Genauso wie ich bestimmte Stellen und Stunden für gewisse Bücher kenne, scheinen sie bestimmte Stellen und Stunden für gewisse Gesprächsthemen zu haben. Als ich sie das erste Mal dorthin führte, fragten sie mich nach Sinn und Zweck der Grabhügel und entlockten mir nach einer Reihe von unumwundenen Fragen die Auskunft, daß die Menschen, die hier beerdigt liegen, jetzt Engel sind. Ich bin kein Spezialist, ich muß mich bei dem, was ich ihnen erzähle, auf die Geschichten meiner eigenen Jugend zurückziehen. Seitdem weigern sie sich, den Platz einen Friedhof zu nennen. Sie haben ihn Engelhof getauft, und auf diese Weise sind wir dazu gekommen, uns immer, wenn wir dort hingehen, in jeder Hinsicht über Engel zu unterhalten, obgleich mich das manchmal in höchste Verlegenheit bringt.

»Aber was sind eigentlich Engel, Mamsi?« fragte das

Juni-Kind überraschenderweise heute nachmittag, nachdem es seit Tagen den Diskussionen gefolgt und offensichtlich aufmerksam gelauscht hatte.

»Was bist du für ein dummes Baby!« rief das April-Kind und wandte sich ihr verächtlich zu, »weißt du denn nicht, daß sie die kleinen Mädchen des lieben Gottes sind?«

Aber hier muß ich Einspruch erheben. So etwas hatte ich den Kindern noch nie erzählt. Ich beantworte ihre Fragen immer nach bestem Wissen und Gewissen, aber wenn ich sie dann später miteinander schwatzen höre, bin ich oft völlig fassungslos über den Eindruck, den ich ihnen offenbar vermittelt habe. Sie leben in bezug auf Himmel und Engel in einem ganzen Universum unabhängiger Ideen, die sich sehr von denen anderer Leute unterscheiden. So weit ich das feststellen kann, glauben sie an ein höheres Wesen, das sie lieber Gott nennen, das durch den Garten lustwandelt und unter anderem mit dem Sonnenschein und mit der linden Luft eines schönen Tages identisch ist. Auch das habe ich ihnen nicht erzählt und Séraphine wohl auch nicht, noch weniger die Vorgängerin von Séraphine, Miss Jones, die vollkommen materialistische Ansichten hegte. Doch wenn ich an einem sonnigen Morgen vergesse, sofort nach dem Herunterkommen alle Fenster in der Bibliothek sperrangelweit aufzustoßen, stürmt das April-Kind mit besorgter Miene herein und ruft: »Mamsi, warum machst du nicht die Fenster auf und läßt den lieben Gott herein?«

Wenn sie nicht so rosig und mit gutem Appetit gesegnet wären oder wenn ich weniger prosaisch dächte, könnten mich wohl düstere Vorahnungen befürchten lassen, daß so ein lebhaftes Interesse an himmlischen Gegenständen und Gestalten prophetisch auf ein kurzes Leben wiese. Und aus Büchern wissen wir, daß Kinder, die zu viel über diese Themen reden, unweigerlich verscheiden, nachdem sie ihren andächtig lauschenden Eltern noch massenhaft weise Ratschläge erteilt haben. Glücklicherweise existieren solche Kinder nur in Büchern, und in meinen Kindern steckt keinerlei Frömmelei – die an Kindern ohnehin recht unerträglich ist. Ich stelle jedoch fest, daß in ihren Unterhaltungen ein gesunder Widerspruchsgeist vorherrscht, und nachdem Aprils Definition des Engels nur mit deutlicher Zurückhaltung geschluckt wurde, erschreckte das Juni-Kind die beiden anderen (die ohnehin gläubiger und anpassungsbereiter sind) mit der Bemerkung, sie hoffte, daß sie nie in den Himmel käme. Ich tat so, als sei ich in mein Buch vertieft und höre ihr nicht zu. April und Mai saßen im Gras und nähten (»nadeln« nennen sie das) an fürchterlich aussehenden Woll-Lappen für Séraphines Geburtstag, und Juni lehnte müßig an einem Föhrenstamm, schwang eine Puppe ohne Kopf an dem noch vorhandenen Bein im Kreis, hatte die Hacken fest in die Erde gestemmt, den Sonnenhut abgenommen, und die blonden Haarsträhnen fielen ihr wirr übers sonnenverbrannte und schmutzige kleine Gesicht.

»Nein«, erwiderte sie mit fester Stimme und heftete den Blick auf die erschrockenen Gesichter ihrer Schwestern, »da will ich nicht hin. Da gibts nichts für Kinder zum Spielen.«

»Nichts zum Spielen?« riefen die beiden anderen wie aus einem Munde – warfen ihre Handarbeiten hin und stürzten gemeinsam zu mir.

»Mamsi, hast du das gehört? Juni sagt, sie will nicht in den Himmel!« schrie April entsetzt.

»Weil's da nichts zu spielen gibt, sagt sie«, rief Mai atemlos.

Und dann fügten sie einstimmig hinzu, als sei das schon lange zwischen ihnen besprochen und ausgemacht: »Aber wenn sie will, kann sie doch mit Sternleins Ball spielen!«

Die Vorstellung vom Juni-Kind, das über das Firmament schlendert und die Sterne so lässig durcheinanderbringt, als wären es Tennisbälle, fand ich so überwältigend großartig, daß mich beim Lesen Schauer der Ehrfurcht schüttelten.

»Aber wenn du immer alle deine Puppen kaputtmachst«, setzte April hinzu und wandte sich vorwurfsvoll an Juni, wobei sie die kümmerlichen Überbleibsel in ihrer Hand betrachtete, »dann glaub ich nicht, daß dich der liebe Gott überhaupt reinläßt. Wenn du groß bist und klitzekleine Junis kriegst – richtige lebendige Junis –, dann machst du sie sicher auch kaputt, und der liebe Gott hat keine Mamis lieb, die ihre Kinder kaputtmachen.«

»Aber ich muß doch meine Puppen kaputtmachen«, rief Juni empört über das, was sie offensichtlich als himmlische Ungerechtigkeit betrachtete, »der liebe Gott hat mich so geschaffen, und deshalb kann ich nichts dagegen tun, stimmt's nicht, Mamsi?«

Bei solchen Gelegenheiten hefte ich meine Augen fest auf das Buch und nehme eine abwesende Miene an; das ist tatsächlich die einzige Möglichkeit, sich vor theologischen Streitgesprächen zu retten, bei denen ich unweigerlich den kürzeren ziehe.

15. Juli – Weil uns gestern ein kühler und windiger Nachmittag beschert und es in meinem Garten nicht mehr so angenehm war wie noch vor ein paar Tagen, dachte ich mir, ich sollte einmal ins Dorf gehen und nach meinen Freunden, den Landarbeitern, sehen. Von

Zeit zu Zeit überwältigt mich die Wohltätigkeit. Das geht sicher den meisten Leuten so, obwohl sie es freilich nicht zugeben. Mich überfällt sie immer wie ein Schnupfen bei kaltem Wetter. An warmen Tagen löst sich meine angeschwollene Wohltätigkeit wieder vollständig auf, um erst wieder bei sinkendem Thermometer Gestalt anzunehmen. Bei Ostwind wächst sie dann zu einer ganz ordentlichen Größe, und um den Januar herum, in einem nordöstlichen Schneesturm, ist sie selbst für einen flüchtigen Betrachter deutlich wahrzunehmen. Von da an bis Ende Februar kann ich dem Pastor ein paar Wochen lang mit hocherhobenem Kopf offen in die Augen schauen, während man die Methode, mit der ich ihm zur Sommerszeit aus dem Weg gehe, nur mit dem Worte »davonstehlen« zutreffend beschreiben kann.

Das Dorf besteht aus einer Hauptstraße, die an den vorderen Hofgebäuden entlangführt, und die Wohnhäuser sind einstöckig, jedes mit Zimmern für vier Familien – zwei nach vorne hinaus, die auf die Hofmauer blicken, was die bessere Seite ist, und zwei nach hinten, mit Ausblick auf nichts Aufregenderes als die eigenen Schweineställe. Jede Familie hat ein Zimmer und eine Art Vorratskammer und teilt sich die Küche mit der Familie auf der anderen Seite der Stubentür. Aber die Frauen kochen lieber auf dem Ofen in ihrer eigenen Stube, statt den Inhalt ihrer Töpfe den mißgünstigen Bemerkungen einer Nachbarin preiszugeben. Auf der Vorderseite gibt es ein kleines, eingezäuntes Gartenstück für jede Familie, wo die Hühner nachdenklich herumstolzieren und unter den Feuerbohnen dösen (genau wie ich in meinem Garten) und sich die Stockrosen hoch über die Wäsche auf der Leine recken und wo das Brennholz, aus unseren Wäldern gestohlen, für den Winter aufgestapelt wird. Andererseits ist man mit einem Schritt aus der Tür beim Misthaufen und bei den Schweinen.

Die Straße sah gestern nicht sehr einladend aus, der Himmel hing tief, der Wind blies mir Staub, Strohhalme und Papierfetzen ins Gesicht und hinderte mich daran, das zu sehen, was dort, wie ich sehr wohl wußte, auch vorhanden war: der tröstliche Ausblick auf grüne Felder und Tannenwälder am anderen Ende. Ich war lange nicht dort gewesen – wir hatten so einen wunderbaren Sommer – aber eine innere Stimme hatte mich den ganzen Morgen gepeinigt und unablässig gefragt: »Elizabeth, weißt du nicht, daß du ins Dorf müßtest? Warum gehst du dann nicht? Wann gehst du denn? Weißt du denn gar nicht, daß du gehen solltest? Hast du nicht das Gefühl, daß du mußt? Jetzt reiß dich zusammen, Elizabeth, und geh!« Merkwürdige Wirkung eines grauen Himmels und eines kalten Windes! Denn ich behaupte fest, daß sich mein Gewissen nicht den Deut um mich gekümmert hätte, wenn das Wetter warm und der Himmel sonnig gewesen wären. Wir fochten also einen kurzen Kampf aus, in dem ich alle Treffer abbekam, was durch das sofortige oben erläuterte Anschwellen evident wurde, und dann gab ich nach, und um zwei Uhr nach Tisch hob ich den Riegel der ersten Tür und fragte die Frau, die dahinter wohnte, was sie der Familie heute zu mittag gekocht hatte.

Das war, wie ich bei einer meiner ersten Runden von der Frau Gutsverwalter gelernt hatte, die angemessene Frage. Und wenn man ihr eine Untersuchung der Inhalte von Topf und Pfanne folgen läßt, vielleicht noch ein leichtes Schnuppern, das andeutet, wie gut man den Geruch findet, ist es um so besser. Ich mochte das zuerst nicht glauben, aber die Dankbarkeit für die gezeigte Anteilnahme steht so deutlich auf ihren Gesichtern, daß ich es niemals unterlasse, das ganze Ritual durchzuspielen. Diese Frau, deren Mann das Reinigen und Füttern der Kühe obliegt, hatte jenen beneidenswerten Lebensabschnitt erreicht, in dem alle Kinder konfirmiert worden sind und nun aus dem Hause gehen und arbeiten können. Dies gestattet ihr, ihre Tage in verhältnismäßiger Würde und Ruhe in ihrer sauberen und leeren Stube zu verbringen. Die Kinder besuchen die Schule, bis sie vierzehn sind, dann werden sie konfirmiert und als erwachsen betrachtet und fangen an, für Geld zu arbeiten. Ihre drei strammen Töchter hatten gestern auf den Feldern bei der Ernte geholfen. Die Mutter hat ein schlaues, scharf geschnittenes Gesicht, und alles in ihrem Reich ist ordentlich und auskömmlich. Ihr Fußboden ist frisch mit Sand bestreut, ihre Teller, Tassen und Löffel blitzen hinter den Glastüren des Schrankes vor Sauberkeit, und auf den beiden Betten, eins für sie und ihren Mann und das andere für ihre drei Töchter, häufen sich die Kissen und Plumeaus höher, als ich es jemals noch sehen sollte. Mit der Größe und Prallheit ihrer Federbetten erringen sie sich, wie mir die Frau Gutsverwalter erzählte, die höchste Achtung ihrer Nachbarinnen. Diejenige, die sie fast bis zur Decke auftürmen kann, führt auch im Dorf das größte Wort, und ein flaches Bett ist eine soziale Schande. Immer wenn ich die engen Bettkästen betrachte, kommt es mir schleierhaft vor, daß so viele Menschen darin schlafen können. Sie sind fast noch schmaler als diejenigen, die wir als Einzelbetten kennen, und trotzdem schaffen es Vater und Mutter und oft noch ein Säugling, in einem einzigen Kasten süß und sanft zu schlafen, genauso wie drei oder vier Kinder im zweiten Bett in der gegenüberliegenden Ecke. Die Erklärung liegt zweifellos darin, daß sie nicht wissen, was Nerven sind, was es bedeutet, schon vom leisesten Geräusch, der schwächsten Bewegung im Raum wach zu werden und dann stundenlang, oft die ganze Nacht wach zu liegen, unfähig, wieder einzuschlafen und mit Augen in die Dunkelheit zu starren, die sich nicht schließen wollen. Keine Nerven und eine dicke Haut – was für ein unschätzbares Gnadengeschenk für diese armen Leute! Und sie wissen es nicht einmal zu schätzen.

Ich blieb eine Weile bei ihr stehen und unterhielt mich mit ihr, wobei ich nicht aufgefordert wurde, Platz zu nehmen, weil sie sich das nicht herauszunehmen gewagt hätte, und hörte mir an, daß es zum Mittagessen Kartoffeln und Speck gegeben hatte und daß sich die älteste Tochter, Bertha, am Michelstag verheiraten würde und wie gut ihr Baby durchs Zahnen kam.

»Ihr Baby?« wiederholte ich. »Ich höre ja gar nichts von einem Baby!«

Daraufhin trat die Frau zu einem der Betten, hob einen Zipfel von einem der gewaltigen Federsäcke, und wahrhaftig, da lag ein dicker, friedlicher Säugling und schlief so süß und sah so engelhaft aus wie gerade vom Himmel gefallen.

»Und Michaeli will er sie heiraten?« fragte ich und schaute die Großmutter so streng wie möglich an.

»O ja«, erwiderte sie, »er ist ein anständiger junger Mann, und er verdient achtzehn Mark in der Woche. Sie werden ein gutes Auskommen haben.«

»Bedauerlich«, sagte ich, »daß das Baby nicht erst nach Michaeli zur Welt gekommen ist statt vorher. Finden Sie das denn nicht selber bedauerlich, weil das alles verdorben hat?«

Sie starrte mich einen Augenblick mit verwirrter Miene an, dann wandte sie sich ab und deckte den Engel vorsichtig wieder zu. »Sie werden sehr gut zurechtkommen«, erwiderte sie, weil sie wohl begriff, daß ich auf eine Antwort wartete, »er verdient achtzehn Mark in der Woche.«

Was gab es dazu noch zu sagen? Wenn ich ihr vorgehalten hätte, daß ihre Tochter eine schwere Sünderin wäre, hätte sie sich vielleicht vorübergehend unbehaglich gefühlt, doch, sobald ich ihr den Rücken gedreht hätte, schlau eingesehen, daß sich durch meine Vorwürfe nichts geändert hatte. Dort lag das Baby mit seinen Grübchen, kerngesund, ihre Tochter war dabei, einen zuverlässigen Mann zu heiraten, keiner von ihrer Familie hatte etwas einzuwenden, und alle jungen Leute in der Umgebung hatten ihre Ehe mit den gleichen Vorspielen begonnen.

Unsern Pastor bekümmert diese Sitte bis in die Tiefen seiner empfindsamen Seele. Er predigt und er klagt, er macht Vorwürfe und fleht, und seine Schäfchen hören ihm mit breiten unbewegten Gesichtern und offenem Munde zu und kehren samt ihren Freunden und Bekannten zu ihrer Tagesarbeit zurück, ohne das geringste Schuldgefühl. Schließlich halten es alle so, und die öffentliche Meinung, die einzige Autorität, die etwas ändern könnte, war auf ihrer Seite. Der Pastor blickt mit unsäglichem Kummer auf die Vergeblichkeit seines Strebens. Doch das Material ist einfach zu grob. Es kann zu keinem Erfolg führen, wenn es mit so zarten Fingern bearbeitet wird.

»Arme Kreaturen«, sagte ich eines Tages nach einem seiner empörten Ausbrüche, als er einen unserer Dienstboten im letzten Moment verheiratet hatte, »sie tun mir wirklich leid. Es ist so schade, daß man ihnen immer ausgerechnet an ihrem Hochzeitstag die Leviten lesen muß. Solche Kinder – so unwissend, so hemmungslos, so unverhüllt animalisch –, was wissen sie schon von Sitte und Moral? Sie kennen nur die Natur, und ihr folgen sie, und ich würde deshalb von ganzem Herzen verzeihen.«

»Es ist eine Sünde«, erwiderte er kurz angebunden.

»Dann ist die Vergebung gewiß.«

»Nur wenn sie danach verlangen.«

Ich schwieg, denn ich hätte ihm gern erwidert, ihnen würde einfach ihretwegen vergeben, ja, ihnen würde überhaupt vergeben, ob sie es wollten oder nicht, und daß man vor allem die himmlische Macht nicht reglementieren kann. Aber wer kann schon mit einem Geistlichen streiten? Diese Bauern suchen keine Vergebung, weil es ihnen niemals in den Kopf kommt, daß sie sie überhaupt brauchen. Das aber versucht ihnen der Pfarrer einzureden, das ist richtig, doch ihn betrachten sie als einen Menschen, der von Berufs wegen dazu verpflichtet ist, solche Sachen zu sagen; sie sind aber gewitzt genug, um zu erkennen, daß die Folgen ihrer Sünden, die er ihnen mit so drohender Beredsamkeit beschwört, nie und unter keinen Umständen eintreten. Kein Mädchen muß, von ihrem Verführer sitzengelassen, sterben und verderben, denn dieser Verführer ist ja ein anständiger junger Mann, der sie so bald wie möglich heiraten wird. Es richtet sich auch kein dräuender Finger auf die gefallenen Mädchen, denn alle Finger auf der Straße gehören Frauen, deren Leben nach genau dem gleichen Muster begonnen hat. Und was diesen drohenden Tag des Jüngsten Gerichtes anbelangt, von dem sie jeden Sonntag so viel zu hören bekommen, so denken sie vermutlich, er gehöre zu den Prophezeiungen, die sich dann doch nicht erfüllen.

Der Diener, der an diesem Morgen nach einer Strafpredigt geheiratet hatte, war ein Pferdeknecht, zwanzig Jahre alt, und er hatte seine kleine Frau, die damals siebzehn war, in dem Haushalt kennengelernt, in dem er vor unserer Zeit seine Stellung hatte. Sie war dort Hausmädchen und muß ein niedliches Ding gewesen sein, wovon man allerdings, bis auf ihre schönen Augen, kaum noch etwas in dem ängstlichen kleinen Gesicht erkennen konnte. Ich sah es zum erstenmal gleich nach der Trauung, kurz bevor der aufgebrachte und erschöpfte Pfarrer hereinkam, um alles mit mir zu besprechen. Ich hatte noch nie von ihr gehört, bis vor etwa zehn Tagen der Stallknecht tränenüberströmt bei mir erschienen war und mir stumm einen Brief entgegenstreckte, in dem sie geschrieben hatte, sie könne das alles nicht länger ertragen und wolle sich das Leben nehmen. Der unglückselige junge Mann war am Ende seiner Weisheit, denn er hatte noch nicht genug zusammengespart, um sich irgendwelche Möbel zu kaufen und einen Haushalt zu gründen, und sie besaß natürlich keinen blanken Pfennig, nachdem sie so viele Monate stellungslos gewesen war. Er wußte nun keinen Ausweg mehr, konnte weder Vorschläge machen noch Entschuldigungen stammeln, er stand nur hilflos da und schluchzte.

Ich ging also zu meinem Grimmigen, und wir hielten eine Beratung ab. »Wir wollen doch nicht noch einen verheirateten Dienstboten haben«, sagte er.

»Nein, natürlich nicht«, antwortete ich.

»Und im Dorf ist kein Platz mehr.«

»Nein, gar keiner.«

»Und wie können wir ausgerechnet ihm eine Einrichtung geben? Es ist den anderen Dienstboten gegenüber nicht gerecht, die brav und anständig bleiben und warten, bis sie sich selber etwas kaufen können.«

»Nein, gerecht ist es bestimmt nicht.«

Daraufhin entstand eine Pause.

»Er ist ein guter Junge«, murmelte ich schließlich.

»Ein sehr guter Junge.«

»Und sie wird zugrunde gehen, wenn nicht jemand ...«

»Ich will dir sagen, was wir machen können, Elizabeth«, unterbrach er mich, »wir können das Notwendigste kaufen und ihm unter der Bedingung überlassen, daß er es uns nach und nach in kleinen monatlichen Raten abzahlt.«

»So könnten wir es machen.«

»Und mir scheint, über den Ställen steht noch eine Kammer leer.«

»Das ist richtig.«

»Dann kann er also in die Stadt fahren und sich die Möbel beschaffen, und das Mädchen kann er gleich mit herbringen und auf der Stelle heiraten.«

So waren sie innerhalb von vierzehn Tagen verheiratet und kamen Hand in Hand zu mir; er hielt sich, stolz und glücklich, kerzengerade, sie aber hatte sich noch keineswegs vom Schreck und Elend der letzten hoffnungslosen Monate erholt. Sie schaute mit Augen zu mir empor, die viel zu groß für ihr Gesicht geworden waren, Augen, in denen immer noch der verängstigte Blick stand, den sie in der Stadt angenommen hatte, wo sie ein Versteck gefunden, wo es aber keinen Mangel an mahnenden Zeigefingern gegeben hatte, an schriller Schadenfreude und tiefster Erniedrigung, ganz zu schweigen von der Last der Krankheit, des Hungers und der hilflosen Jugend.

Sie standen Hand in Hand, sie in einem dezenten schwarzen Kleid, beide in ziemlich engen, weißen Glacé-Handschuhen, die ihre abgearbeiteten roten Hände nicht ganz verbergen konnten, und sie sahen so herzzerbrechend jung aus. Das Ganze war ein so bodenloser Leichtsinn, daß mir keine vorwurfsvollen Worte mehr über die Lippen kommen wollten, während ich sie schweigend betrachtete, zwischen Lachen und Weinen. Ich hätte ihnen sagen sollen, daß sie die Gebote nicht beachtet hatten. Ich hätte ihnen sagen sollen, daß sie nur um Haaresbreite der gerechten Strafe für ihre Sünden entkommen waren, aber statt dessen merkte ich, daß ich ihnen die Hände entgegenstreckte, die sofort ergriffen und geküßt wurden, und ihnen nur mit fröhlichem Lächeln den Rat gab: »Nun Kinder, liebt euch und seid brav.«

Damit waren sie entlassen, und gleich darauf tauchte der Pfarrer auf, wie im Fieber über dieses jüngste Beispiel einer Todsünde, während ich, mit dem völlig fehlenden Sinn für Moral, den man so oft an Frauen beobachtet, nur mit Mitleid an ihre kindliche Unerfahrenheit denken konnte. Drei Tage später wurde das Kind geboren, wobei uns die Mutter fast gestorben wäre. Aber sie war ein Bauernmädchen, und sie kämpfte unverdrossen, und allmählich wurde sie in der Wärme der ehelichen Achtbarkeit auch wieder jung. Ich habe sie erst gestern getroffen, als sie ihr Baby in der Sonne spazierenführte, da hielt sie den Kopf schon wieder so hoch, als ob sie zu Hause über eine ganze Schwadron von Federbetten verfügte, von denen jedes bis zur Decke reichte.

Im nächsten Zimmer, das ich betrat, lag eine alte Frau im Bett, die den Kopf verbunden hatte. Der Raum war ziemlich leer, sonst wäre er unordentlich gewesen, er wirkte vernachlässigt und düster, und auf dem Tisch stapelten sich schmutzige Teller, die auf längst vergangene Mahlzeiten schließen ließen.

»Ach, die Kopfschmerzen!« stöhnte die alte Frau, als sie mich sah, und warf den Kopf auf den Kissen hin und her. Ich bemerkte, daß sie nicht ausgekleidet war und sich so, wie sie war, unter ihren Federberg verkrochen hatte. Ich trat also ans Bett und fühlte ihr den Puls – er war regelmäßig und nicht im geringsten fiebrig.

»Ach, der Durchzug!« stöhnte die alte Frau, als sie sah, daß ich die Stubentür offen gelassen hatte.

»Ein bißchen frische Luft wird Ihnen wohltun«, sagte ich; die Atmosphäre in dem verrammelten Zimmer war so unbeschreiblich, daß mein eigener Kopf zu dröhnen begann.

»Ach, ach!« stöhnte sie, sichtlich darüber empört, daß man sie zwang, auch nur einen Augenblick frische reine Sommerluft zu atmen.

»Ich habe etwas zu Hause, das Ihre Kopfschmerzen lindern wird«, sagte ich, »aber keinen, den ich heute noch damit herschicken könnte. Wenn Sie sich später ein bißchen besser fühlen, können Sie ja vorbeikommen und es selber holen. Ich nehme es immer, wenn ich Kopfschmerzen habe ...« (»Aber aber, Elizabeth, so was hast du doch nie!« flüsterte mein Gewissen entsetzt. »Halt den Mund!« flüsterte ich zurück. »Von dir hab ich heute gerade genug!«) – »und ich gebe Ihnen auch ein paar Weintrauben, wenn Sie vorbeikommen, sehen Sie also zu, ob Sie es möglich machen können.«

»Ach, ich kann mich nicht bewegen!« stöhnte die alte Frau. »Ach, ach, ach!«

Aber ich ging schmunzelnd hinaus, weil ich genau wußte, sie würde pünktlich erscheinen, um sich die Weintrauben zu holen, und ein Spaziergang durch die frische Luft war alles, was sie brauchte, um wieder gesund zu werden.

Wie aber dieses ganze Dorf die frische Luft haßt und fürchtet! Vor ein paar Tagen ist ein kleines Kind gestorben, umgebracht, wie ich in allem Ernst glaube, von der hemmungslosen Liebe seiner Mutter, die es so ängstlich behütet hat, daß ihm in seinem kurzen kleinen Leben nie ein Lufthauch nahe kommen durfte. Sie ist die Frau des Wächters, eine sanftmütige, schlaffe Frau, die zwei Stuben zu ihrer Verfügung hat, es aber vorzieht, mit ihren vier Kindern in der einen zu wohnen und zu schlafen, und die niemals die andere betritt, außer zu den Taufen und Aufbahrungen, die in ihrer Familie mit meiner Meinung nach unnötiger Geschwindigkeit aufeinander folgen. Dieses Kind war im vergangenen September in einer Zeit des goldenen Nachsommers und des klaren Himmels geboren worden, und als es etwa drei Wochen alt war, schlug ich vor, sie solle es doch, so lange das schöne Wetter anhielt, jeden Tag ausfahren. Sie wich aus und wies darauf hin, daß es noch nicht getauft sei, und weil mir einfiel, daß es bei den Bauern Sitte ist, Mutter und Kind bis nach der Taufe unsichtbar und eingeschlossen zu halten, sagte ich kein Wort mehr. Drei Wochen später war ich seine Patin, und es wurde in den Schoß der Kirche aufgenommen. Als ich mich verabschiedete, bemerkte ich, daß sie es ja nun so viel ausfahren könne, wie sie wolle. Im nächsten März, an einem Tag, der nach Veilchen duftete, traf ich sie bei ihrem Haus. Ich fragte sie nach ihrem Kind, und sie brach in Tränen aus. »Es will mir nicht gedeihen«, schluchzte sie, »seine Ärmchen sind noch nicht dicker als mein Finger.«

»Dann stellen Sie es so oft in die Sonne, wie es geht«, sagte ich, »dies ist genau das richtige Wetter, das aus kleinen Kümmerlingen kräftige Kinder macht.«

»Ach, ich hab solche Angst, daß es sich dabei erkältet«, rief sie und begrub ihr Gesicht in den Überresten eines Taschentuchs.

»Wann ist es denn das letzte Mal draußen gewesen?«

»Ach –«, sie unterbrach sich und putzte sich kräftig die Nase, mit einer, wie mir schien, völlig überflüssigen Gründlichkeit. Ich wartete, bis sie fertig war, und wiederholte meine Frage.

»Ach –«, ein neuer Tränenstrom und ein neuerliches ausschweifendes Naseputzen.

Ich hatte das dunkle Gefühl, daß meine Frage, die ich eher beiläufig gestellt hatte, eine größere Bedeutung besaß, als ich ahnte, und deshalb wiederholte ich sie noch einmal.

»Ich – ich kann es nicht nach draußen bringen«, schluchzte sie, »ich weiß ganz genau, daß es dann sterben würde.«

»Ist es denn noch gar nicht draußen gewesen?«

Sie schüttelte den Kopf.

»Kein einziges Mal seit seiner Geburt? Seit sechs Monaten?«

Sie schüttelte den Kopf.

»Das arme Baby!« rief ich aus, und das kleine Dingelchen, das unter einem Federberg erstickte, tat mir in seiner engen Stube mit vier weiteren Leuten, die ihm alle Atemluft wegnahmen, von Herzen leid. »Ich fürchte«, sagte ich, »wenn es nicht bald etwas frische Luft bekommt, wird es nicht überleben. Ich möchte nicht wissen, was mit meinen Kindern passiert wäre, wenn ich sie ein halbes Jahr lang Tag und Nacht in einem einzigen stickigen Zimmer eingesperrt hätte. Sie sehen doch, daß sie den ganzen Tag draußen sind und wie gut ihnen das tut.«

»Sie sind so kräftig«, sagte sie mit vorwurfsvollem Schnüffeln, »da können sie das auch aushalten.«

Ich war von ihrer Art, die Sache zu betrachten, ganz verwirrt und wandte mich ab, nachdem ich sie noch einmal angefleht hatte, ihr Kind an die Luft zu bringen. Sie hielt meinen Ratschlag ganz offensichtlich für herzlos, und ich hörte sie noch auf dem ganzen Heimweg hinter mir die Nase putzen. Im Juni sagte mir der Vater, sie bäten um einen Arzt. Das Kind würde trotz aller Nahrung, die es zu sich nahm, jeden Tag dünner. So wurde ein Arzt aus der nächsten Stadt geholt, und ich ging hinüber, um zu hören, was er verordnete. Er befahl, ihm in regelmäßigen Abständen die Flasche zu geben und nicht ununterbrochen wie bisher, und es an die frische Luft zu bringen. Er konnte sonst nichts Beängstigendes finden, nur eine ungewöhnliche Schwäche. Er fragte, ob es immer so schwitze wie im Augenblick, und nahm selbst die oberste Lage der Federbetten ab.

Es starb Anfang Juli, und sein erster Weg ins Freie führte zu dem drei Meilen entfernten Friedhof im Föhrenwald.

»Ich hab doch auf es aufgepaßt!« jammerte die Mutter, als ich sie nach der Beerdigung besuchte und zu trösten versuchte, »wenn ich mich nicht so gekümmert hätte, wär es gar nicht so lange am Leben geblieben.«

»Und was der Doktor verordnet hat, hat nicht geholfen?« wagte ich so taktvoll wie möglich zu fragen.

»Ach, ich hab's nicht ausgeführt – wie hätt ich denn? Dann hätt ich's doch auf der Stelle umgebracht – so hab ich's wenigstens bis jetzt am Leben gehalten.« Damit warf sie die Arme auf den Tisch, vergrub ihren Kopf darin und weinte bitterlich.

Es gibt eine hohe Mauer aus Unwissen und Vorurteil, die uns von den Leuten auf unserem Gut trennt, und jedesmal, wenn wir ihnen zu helfen versuchen, stoßen wir dagegen und können sie so wenig bewegen, als wäre sie wirklich aus Stein. Wie der Pastor mit seinem Lieblingsthema Moral, so kann ich über das Thema Gesundheit reden, bis ich heiser bin, ohne daß ich nur irgendwann den geringsten Eindruck machte. Wenn es zum Schlimmsten kommt, wird der Arzt gerufen, Ratschläge werden erteilt, Medizinen zubereitet, aber seine Anweisungen werden einfach nicht befolgt, es sei denn, sie finden zufällig die allgemeine Zustimmung. Die Anordnung, einen Patienten zu waschen und die Fenster aufzureißen, wird niemals befolgt, denn falls die Krankheit zum Tod führt, gäbe es im ganzen Dorf einen Aufstand, und die Verwandten würden als Mörder bezeichnet. Ich glaube, sie betrachten uns und unseresgleichen, die wir auf der anderen Seite dieser unüberwindlichen Mauer leben, als Wesen mit phantastischen Vorstellungen. Sie wirken sich nur deshalb nicht verhängnisvoll auf die eigenen Kinder aus, weil diese über eine ungeheure Lebenskraft verfügen, aufgebaut durch jahrelanges gutes Essen, das sich nur die Reichen ermöglichen können. Ihre Vorstellung von Glück hängt am Essen, und sie nehmen natürlich an, daß jeder so viel ißt, wie er sich für sein Geld leisten kann. Manche von ihnen haben Hunger gelitten, und ihrer Erfahrung nach gehören Essen und Lebenskraft zusammen – je mehr Essen, desto mehr Kraft. Und Menschen, die alle Tage Braten essen (ach, die gesegnete Ahnungslosigkeit!), können es sich auch leisten, sich so viel zu waschen und im Freien aufzuhalten, was ihresgleichen auf der Stelle töten würde. Aber es hat ohnehin keinen Sinn, herausfinden zu wollen, was sie wirklich für Ansichten haben. Ich meine zu wissen, was mir an ihnen gefällt, aber ich bin ziemlich sicher, daß ich mir etwas Falsches vorstelle. Ich habe kein echtes Bild von ihrer Einstellung zum Leben, und deshalb bleibt mir nur übrig, freundlich mit ihnen zu reden, wenn sie in Not sind, und ihnen so oft wie möglich vernünftige Sachen zum Essen zuzustecken. Entsetzt von der Vorstellung, in welcher Umgebung die armen Frauen ihre Kinder zur Welt bringen müssen, bat ich den Grimmigen, etwas dazu beizutragen, damit sie wenigstens in dieser Zeit ihre Ruhe hätten. Er bestimmte eine kleine Hütte am Ende der Dorfstraße zum Gebärheim, ich richtete es ein und sorgte dafür, daß es sauber, hell und freundlich war. Eine Hebamme wurde eingestellt, und ich dachte voll Freude an den unaussprechlichen Trost und Segen, den ich bereiten konnte. In dieser Hütte ist jedoch kein einziges Baby auf die Welt gekommen, denn keine einzige Frau hat sich dorthin bringen lassen. Am Ende des Jahres wurde sie wieder an eine Familie vermietet, und die Hebamme wurde entlassen.

»Warum sind sie denn nicht dorthin gegangen?« fragte ich die Frau Gutsverwalter vollkommen verwirrt.

Sie zuckte die Schultern.

»Sie haben gern ihre Männer und Kinder um sich herum«, antwortete sie, »und sie haben Angst, daß ihnen etwas angetan wird, wenn sie nicht unter ihrem eigenen Dach sind – daß sie am Ende zu oft gewaschen werden. Die gnädige Frau wird sie nie dazu bringen, ihre vier Wände zu verlassen.«

»Die gnädige Frau gibt auf«, murmelte ich.

Als ich die nächste Tür öffnete, war ich ganz verblüfft über die vielen Menschen in der Stube. Mitten im Raum stand eine Frau an einer Waschbütte, die fast den ganzen freien Platz einnahm. Jeden Augenblick zog sie eine tropfnasse Hand aus dem Seifenwasser und schaukelte kurz den Kinderwagen hin und her, um das schreiende Kind darin zu beruhigen. Auf einer Holzbank am Fußende eines der drei Betten saß ein uralter Mann und starrte ins Leere. In einer Ecke kauerten zwei kleine Jungen mit blassen Gesichtern, spielten mit einem Meerschweinchen und husteten heftig. In dem Bett dicht an der Tür lag das niedlichste kleine Mädchen, das ich seit langem gesehen hatte, ganz still, Augen und Mund so fest geschlossen, als ob es mit aller Kraft versuchte, etwas zu ertragen. Dieses verkrampfte junge Gesicht im Rahmen der verstrubbelten kastanienbraunen Haare war das erste, was ich gleich beim Hereinkommen hinter der Tür gesehen hatte.

»Nun, gute Frau«, sagte ich zu der Frau an der Waschbütte, »warum sind heute so viele zu Hause? Sind alle krank?«

Es war kaum noch Platz für eine weitere Person, und die Stube war voller Dampf.

»Sie haben alle meinen Husten gekriegt«, antwortete sie, ohne aufzuschauen, »und der Lotte da drüben geht es besonders schlecht.«

Ich nahm Lottes kleine rauhe Hand – ein solcher Gegensatz zu dem lieblichen Gesicht – und stellte fest, daß sie Fieber hatte.

»Wir müssen den Arzt holen«, sagte ich.

»Ach, der Arzt – «, erwiderte die Mutter mit einem Achselzucken, »das hat keinen Sinn.«

»Sie müssen befolgen, was er sagt, sonst kann er Ihnen nicht helfen.«

»Die letzte Medizin, die er mir geschickt hat, hat mich fast umgebracht«, sagte sie und rubbelte energisch die Wäsche, »davon nehme ich keinen Tropfen mehr und meine Kinder erst recht nicht.«

»Was war das denn für eine Medizin?«

Sie wischte die Hand an ihrer Schürze ab, langte zum Schrank hinüber und holte eine kleine Flasche heraus. »Zwei Tage habe ich danach im Bett bleiben müssen«, sagte sie und reichte sie mir, »ich war wie tot, ich hab gar nicht mehr mitgekriegt, was um mich herum passiert ist.«

Die Flasche hatte Opium enthalten, und auf dem Etikett stand genau, wie viele Tropfen in welchen Zeitabständen eingenommen werden sollten.

»Haben Sie es genauso gemacht, wie es hier steht?« fragte ich.

»Ich hab alles auf einmal genommen. Viel war ja nicht drin, und ich hab mich elend gefühlt.«

»Aber dann haben Sie sich wirklich fast umgebracht. Es ist ein Wunder, daß sie es nicht geschafft haben. Was hat es für einen Zweck, wenn wir die ganze Mühe auf uns nehmen, so weit weg nach dem Arzt zu schikken, und Sie sich dann doch nicht nach seinen Anordnungen richten?«

»Von seiner Medizin nehme ich gar nichts mehr. Wenn sie mir gutgetan und geholfen hätte, dann wär ich um so flinker auf den Beinen gewesen, je mehr ich davon genommen hätte.«

Damit rubbelte und schlug sie die Wäsche mit erstaunlicher Energie, während Lotte mit ihrem kleinen aschgrauen Gesicht dalag und noch verkrampfter und kränker aussah. Die Waschbütte stand zwar in der Mitte der Stube, aber dennoch dicht an Lottes Bett, weil nichts in diesem Raum von seinem Mittelpunkt weit entfernt sein konnte, so daß jedes besonders kräftige Klopfen der Mutter im Schädel des Kindes wie ein

Hammerschlag gedröhnt haben muß. Sie war eben erst dreizehn, und das war noch zu jung für ein dickes Fell.

»Hat dieses Kind heute etwas gegessen?«

»Sie will nichts.«

»Hat sie keinen Durst?«

»Sie will keinen Kaffee und keine Milch.«

»Ich werd ihr etwas schicken, das sie mögen wird, und ich werde außerdem den Arzt rufen lassen.«

»Dem sein Zeugs geb ich ihr aber nicht.«

»Ich bitte Sie herzlich, seinen Anordnungen zu folgen.«

»Sein Zeugs geb ich ihr nicht.«

»Haben Sie heute unbedingt waschen müssen?«

»Heute ist Waschtag.«

»Meine gute Frau«, sagte ich zu mir, während ich sie äußerlich ungerührt musterte, »ich möchte dich am liebsten in deinen Waschtrog kippen und dich genauso rubbeln und wringen, wie du mit diesen unglückseligen Kindern umgehst.« Laut dagegen sagte ich im höflichsten Flötenton: »Guten Tag.«

»Guten Tag«, erwiderte sie, ohne aufzusehen.

Waschtage sind immer mit schlechter Laune verbunden, und ich hätte beim ersten Anblick dieser Waschbütte schon die Flucht ergreifen sollen, wenn da nicht Lotte gelegen hätte, in ihrem kleinen gelben Flanellnachthemd, so leidend, wie nur Kinder leiden können, wehrlos, zur Geduld gezwungen, erst recht dazu, die ganze Klopferei und Herumfuhrwerkerei, die die Mutter für unerläßlich hielt, in stillem Schweigen auszuhalten. Kein Wunder, daß sie einen so verkniffenen Mund hatte und die Augen nicht aufmachen mochte. Ihre Augenbrauen waren so rötlich wie ihr Haar und sehr gerade, und ihre Augenwimpern lagen lang und dunkel auf ihrem weißen Gesicht; wenigstens ich hatte Lotte entdeckt und konnte ihr ein wenig helfen, dachte ich, während ich auf dem von Feuerbohnen gesäumten Gartenweg davonging. Aber Hilfe in Form von Fleischgelee und eisgekühlten Getränken ist nicht von Dauer, und ich habe nur wenig Sinn für eine Wohltätigkeit, die sich in solchen milden Gaben erschöpft. In meinem Bekanntenkreis hat es Frauen gegeben, die unter höchsten geistlichen Lobpreisungen ins Grab gesenkt wurden und deren Anspruch auf herrschaftliche Mildtätigkeit bei genauerer Betrachtung einzig und allein auf einem Sockel von Fleischgelee ruhte. Nichts auf der Welt ist jedoch so einfach wie zu veranlassen, daß den Kranken und Siechen etwas Fleischgelee geschickt wird, außer man sieht auch davon ab.

Aber was konnte ich darüber hinaus wirklich für Lotte tun? Ich konnte sie nicht in die Arme nehmen und mit ihr davonlaufen und sie wieder gesund pflegen, weil sie sich vermutlich genauso heftig wie ihre Mutter gegen ein solches Unterfangen wehren würde. Und anschließend, wenn sie gesund ist, geht sie wieder zur Schule und wird ebenso ungeschlacht und prall und dickfellig wie die anderen und gibt dem guten Pastor nach abermals drei oder vier Jahren die Gelegenheit zu neuem Kummer über neue Todsünden.

»Wenn ich nur die Kinder in die Hand bekäme!« seufzte ich, während ich die Treppe zum Schulhaus hinaufstieg, »man sollte sie einfangen, wenn sie noch jung sind. Dann müßte man sie in einen Garten stekken, wo es keine alten Leute ihrer eigenen Herkunft gibt, an deren Beispiel sie immer nur lernen, was häßlich, grob und wertlos ist.«

Der Nachmittagsunterricht war noch im Gange, und der Hilfslehrer ließ die Kinder abwechselnd laut vorlesen. Im Winter, wenn sie froh und dankbar gewesen wären, die Nachmittage in einem geheizten, geräumigen Klassenzimmer verbringen zu dürfen, gibt es nur vormittags Unterricht. Doch im Sommer, wenn selbst die Wißbegierigsten nicht mehr so aufs Lernen versessen sind, sind Vor- und Nachmittag damit belegt. Diese Einrichtung ist so unerklärlich, daß die Vorsehung dafür verantwortlich sein muß. Herr Schenk, der Schulmeister, war nicht da, weil er meinen Kindern die täglichen Stunden gab, und sein Hilfslehrer, ein junger Mann mit Brille und bereits streitsüchtiger Miene, saß am Pult des Schulmeisters und konnte sich keine bissige Bemerkung während des Vorlesens verkneifen. Eine größere Verschwendung von Witz und Beredsamkeit aber hätte man sich kaum vorstellen können. Er ist jedoch noch nicht verheiratet, und die Ehe besitzt bekanntlich eine überaus besänftigende Wirkung. Die Kinder standen alle auf, als ich eintrat, und der Lehrer hörte auf, seinen Verstand an ihrer empfindungslosen Dumpfheit zu wetzen. Mit vielen Bücklingen holte er einen Stuhl für mich und bat mich, Platz zu nehmen. Ich setzte mich wirklich und bat ihn, er möge mit dem Unterricht fortfahren, ich sei auf dem Weg durch das Dorf nur für einen Augenblick hereingekommen. Daraufhin wurde das Vorlesen fortgesetzt, diesmal nicht von seinem Hohn und Spott begleitet. Was für Gesichter! Was für stumpfe, gleichgültige, gewöhnliche und grobe Gesichter! Auf der einen Seite saßen die von zehn bis vierzehn Jahren, kein einziges vielversprechendes Gesicht darunter, auf der anderen die von sechs bis zehn, darunter ein einziger kleiner Junge, der so aussah, als hätte er nichts mit den anderen zu schaffen. Hell sah er aus, aufmerksam, merkwürdig würdevoll. Arme Kinder – was hoffte der

Pfarrer aus solchen Geschöpfen machen zu können, denen die Natur ihres innersten Wesens so deutlich ins Gesicht geschrieben stand? Diejenigen, die nicht dumpf wirkten, sahen verschlagen aus, und alle Mädchen auf der Seite der älteren Kinder hatten schon die Gesichter von Frauen. Ich begann, mich entsetzlich niedergeschlagen zu fühlen. »Da sieh nur, was du angerichtet hast«, flüsterte ich ärgerlich meinem Gewissen zu, »mich hast du unglücklich gemacht, ohne daß es jemandem nützte.«

»Die alte Frau mit den Kopfschmerzen freut sich auf die Weintrauben«, erwiderte es, um sich zu rechtfertigen, »und Lotte wird eine Portion Fleischgelee bekommen.«

»Weintrauben! Fleischgelee! Nichts als Nichtsnutz. Ich kann das nicht mehr ertragen, und ich gehe jetzt nach Hause.«

Der Lehrer fragte, ob die Kinder der Frau Baronin etwas vorsingen sollten. Vielleicht schämte er sich für ihr Vorlesen, und ich habe wirklich noch nie so etwas Stümperhaftes gehört.

»O ja«, antwortete ich resigniert, lächelte aber huldvoll mit der Contenance, die man bei unseresgleichen für natürlich hält. Sie sangen, oder vielmehr: sie bölkten ein Kirchenlied, und zwar so schrecklich laut und durchdringend, daß die Fensterscheiben klirrten.

»Meine Liebe«, erklärte mein Grimmiger, als ich mich eines Sonntags auf unserem Heimweg von der Kirche über die schreckliche Qualität und Lautstärke dieser Musik beklagte, »das verscheucht die Spötter.«

Unsere zahlreichen Patenkinder waren nicht in der Schule, weil wir erst seit drei Jahren hier leben und sie deshalb noch nicht alt genug sind, um an den Segnungen der Bildung Anteil zu nehmen. Ich stehe bei den

Mädchen Pate und der Grimmige bei den Jungen, und weil alle Säuglinge nach uns genannt werden, wimmelt es im Dorf vor kleinen Elizabeths und kleinen Grimmigen. Eine bucklige Frau, die keine schwere Arbeit mehr verrichten kann, sorgt tagsüber in einem extra für diesen Zweck eingerichteten Raum für diese Kinder, so daß die Mütter ungestört ihrer Arbeit auf dem Hof nachgehen können. Sie müssen die Kinder nur morgens dorthin bringen und abends wieder abholen und können sich darauf verlassen, daß sie sicher und wohlbehütet sind. Aber aus unerfindlichen Gründen ziehen es viele der Mütter vor, die kleinen Kinder einfach in ihrer Stube einzuschließen und allen Gefahren auszusetzen, die ein wißbegieriges Kind bedrohen, das gerade laufen lernt. So hat sich im vergangenen Winter eines dieser kleinen Wesen verbrannt und ist gestorben, ein Opfer der Beschränktheit seiner Mutter. Diese Mutter, ein typisches Beispiel der Intelligenz, wie sie im Dorfe vorherrscht, hatte in ihrer Stube kurz vor ihrem Fortgang ein großes Feuer entfacht, damit sie bei ihrer Heimkehr am Nachmittag noch genug Glut hätte, um darauf das Essen zu kochen. Einen Säugling hat sie im Korbwagen gelassen, und eine kleine Elizabeth von drei Jahren lief frei in der Stube. Sie hat die Tür verschlossen, den Schlüssel in die Tasche gesteckt und ist zur Arbeit gegangen. Als sie zurückkam, um das Abendessen vorzubereiten, krähte das Baby immer noch still vergnügt in seinem Wägelchen, und die kleine Elizabeth, die Kleider am lebendigen Leib verbrannt, lag tot vorm Feuerrost. Natürlich brach die Mutter vor Kummer zusammen, rasend, verzweifelt und vollkommen außer sich, und natürlich jammerten und wehklagten die anderen Weiber vor Schreck und Entsetzen. Aber so sehr wir auch auf die

Moral von der Geschicht hinwiesen, wir konnten sie nicht zu der Einsicht bringen, daß es ein vermeidbares Unglück gewesen war, das nichts, aber auch gar nichts mit dem Finger Gottes zu tun hatte; und die Mütter, die es vorzogen, ihre kleinen Kinder einzusperren, statt sie in gute Hut zu geben, sperrten sie auch weiterhin unerschüttert ein, als ob das schreckliche Unglück nicht auch eine Lehre für sie selber hätte sein können.

»Bitte, Herr Lehrer, warum sitzen diese beiden kleinen Buben da drüben von den anderen getrennt und singen nicht mit?« fragte ich nach dem Abschluß des Gesanges.

»Das, meine gnädigste Frau, ist die Strafbank. Sie ist unbedingt notwendig, um ...«

»O ja, ja, ich verstehe schon, guten Tag. Auf Wiedersehen, Kinder, ihr habt sehr schön gesungen.«

»So«, sagte ich zu mir, als ich glücklich wieder auf der Straße stand, »jetzt aber nichts wie heim!«

»Untersteh dich!« protestierte mein widerborstiges Gewissen wie aus der Pistole geschossen, »deine allerliebste alte Frau wohnt hier im nächsten Haus, da wirst du sie doch sicherlich nicht überspringen?«

»Ich sehe schon klipp und klar«, erwiderte ich, »daß ich erst meine Ruhe haben werde, wenn ich dich losgeworden bin!« Damit betrat ich das Nachbarhaus.

Im Eingang drängten sich drei Frauen – die Eingänge sind eng, und die Frauen sind dick –, und sie wirkten überaus fröhlich. Sie traten beiseite, um mich vorbeizulassen, und als ich die Tür öffnete, sah ich, daß es in der Stube genauso von Frauen wimmelte, alle mit strahlenden Gesichtern und emsig schwatzend.

»Nanu, was ist denn los?« fragte ich die am nächsten Stehende. »Findet hier eine Gesellschaft statt?«

Sie drehte sich um und grinste mich breit und in offensichtlichem Ergötzen an. »Die alte Frau ist im Schlaf gestorben«, sagte sie, »man hat sie heute früh tot in ihrem Bett gefunden. Ich war erst gestern hier, und sie hat gesagt ...« Ich drehte mich abrupt um und ging wieder hinaus. All diese Weiber, die sich am Tode weideten und sich um die armselige Leiche drängelten, die plötzlich durch den Tod in eine wunderbare Würde und Erhabenheit gehüllt war, ließen mich darüber Scham empfinden, daß ich eine Frau war. Es war auch kein Mann anwesend – ganz klar die höherstehende Rasse. Im Eingang stieß ich auf die Frau Gutsverwalter, die gekommen war, um das Notwendigste zu veranlassen, und sie drehte sich wieder um und begleitete mich ein Stück. »Die alte Frau war besser gestellt, als wir dachten«, bemerkte sie, »sie hat ein sehr anständiges schwarzes Seidenkleid für die Beerdigung hinterlassen.«

»Ein schwarzes Seidenkleid?« wiederholte ich.

»Und alles, was dazugehört, ist auch von bester Qualität, hübsche Lederschuhe, anständige Strümpfe, die ganze Leibwäsche mit Häkelspitze besetzt, ein Korsett mit echtem Fischbein und ein fast neues Paar weiße Glacéhandschuhe. Sie muß lange gespart haben, daß sie alles so schön beieinander hat.«

»Aber«, sagte ich, »ich begreife das nicht. Ich habe noch nie etwas mit dem Tod zu tun gehabt, und ich habe auch nicht über diese Dinge nachgedacht. Werden die Leute denn nicht in einem Leichentuch beerdigt?«

»Ein Leichentuch?« Jetzt war sie diejenige, die nichts begriff.

»Das ist eine Art Laken.«

Da lächelte sie selbstgefällig und überlegen. »Aber nein, meine Liebe, nein«, erwiderte sie, »so arm ist keiner von uns dran.«

Ich betrachtete sie, wie sie so neben mir ging. Sie ist

eine kleine Frau und recht gewichtig. Fast mitleidig belächelte sie meine Ahnungslosigkeit in bezug auf das, was man sich selbst und der Öffentlichkeit auch nach dem Tode schuldig ist.

»Selbst die Allerärmsten«, erklärte sie, »schaffen es, sich noch etwas Geld für die Kleidung im Sarg zusammenzuscharren. Vor ein paar Monaten ist hier ein bettelarmes Ehepaar hergezogen, und ehe der Mann Zeit hatte, etwas zu verdienen, ist er gestorben. Seine Witwe kam zu mir, die gnädige Frau war gerade abwesend, und flehte mich auf Knien an, ihr einen Anzug für ihn zu geben, sie hätte sich nur ein Sterbehemd für ihn leisten können und war nun verzweifelt bei dem Gedanken, was die Nachbarn sagen würden, wenn er nur dieses Hemd anhätte. Sie sagte, die Schande würde sie ihr ganzes Leben lang verfolgen, und ewig müsse sie sich Vorwürfe machen. Wir kauften ihr einen ordentlichen schwarzen Anzug, auch eine Krawatte und Handschuhe, und er sah wirklich stattlich aus. Sie wird heute abend angekleidet werden«, fuhr sie fort, als ich keine Antwort gab, »die Leichenwäscherinnen kommen mit dem Sarg, und es wird eine schöne Beerdigung werden. Ich hab mir immer den Kopf zerbrochen, was sie mit ihrer Rente machte, ich hab sie nie dazu bringen können, sich ein anständiges Stück Fleisch zu gönnen. Aber natürlich, sie hat dafür gespart. Wirklich prachtvolle Korsetts.«

»Was für eine maßlose Verschwendung!« rief ich aus.

»Verschwendung?«

»Ja - grenzenlose Verschwendung und Torheit. Torheit, weil sie sich nichts gegönnt hat und Geldverschwendung und Stoffverschwendung. Hat es irgendeine Bedeutung, irgendeinen Sinn oder Verstand, daß man sich in einem guten schwarzen Seidenkleid beerdigen lassen muß?«

»Es wäre einfach ein Skandal, nicht anständig in den Sarg zu kommen«, erwiderte sie, ganz offensichtlich von meiner Heftigkeit verblüfft, »und die Nachbarinnen respektieren sie jetzt noch viel mehr, da sie wissen, was für schöne Kleider sie sich für ihre Beerdigung gekauft hat. Nichts fehlt. Ich habe sogar ein Etui mit einer goldenen Brosche und einem Armband gefunden.«

»Dann werden wohl so viele ihrer Besitztümer, wie in den Sarg gehen, mit ihr beerdigt werden, um die Nachbarinnen noch mehr zu beeindrucken, oder?« fragte ich. »Ihr Federbett, zum Beispiel, alles andere, was von Wert und Nutzen ist?«

»Nein, nur was sie anhat, und die Bürsten und Kämme und Handtücher, die wir beim Ankleiden benutzen.«

»Wie widerwärtig und wie sinnlos!« sagte ich schaudernd vor Abscheu.

»Das ist die Sitte«, war ihre gelassene Antwort.

Plötzlich überfiel mich ein quälender Gedanke, und ich rief leidenschaftlich aus: »Ich will nichts als ein Leichentuch.«

»O nein«, antwortete sie und schaute mich mit einem Ausdruck der tiefsten Ergebenheit an, »die gnädige Frau kann sich darauf verlassen, wenn ich noch hier bin, dann wird sie ihr schönstes Ballkleid angezogen bekommen und die feinste Leibwäsche, und die ganze Nachbarschaft wird sich mit eigenen Augen davon überzeugen können, wie gut die Herrschaften wissen, was sie ihnen schuldig sind.«

»Ich werde Anweisungen geben«, erwiderte ich mit wachsender Leidenschaft, »daß ich nichts als ein Leichentuch will.«

»Ach nein, nein«, widersprach sie und lächelte, als ob sie ein verwöhntes und launisches Kind zu beruhigen hätte, »so etwas würde niemals erlaubt werden. Was wäre das denn für ein Gefühl, wenn wir uns immer daran erinnern müßten, daß die gnädige Frau nicht alles bekommen hat, was sich ziemt, und was würden die Nachbarn dazu sagen?«

»Nichts als ein Leichentuch will ich haben!« rief ich im höchsten Zorn – und dann brach ich ab und fing zu lachen an. »Was für eine absurde und gruselige Unterhaltung«, sagte ich und streckte ihr meine Hand hin, »auf Wiedersehen, Frau Gutsverwalter. Sie werden jetzt sicherlich in dieser Hütte gebraucht.«

Sie machte vor mir einen Knicks und kehrte um. Ich marschierte so rasch wie möglich zum Dorf hinaus und durch den Tannenwald und über die Wiese, stieß das Tor zu meinem Garten auf, bog in den verborgensten Weg, warf mich in einem stillen Winkel ins Gras und machte laut: »Uuuuch!«

Das ist ein wohlbekannter Ausdruck des Abscheus, und deshalb nur schwer in Buchstaben wiederzugeben.

August

5. *August* – Der August ist da, hat die Hügel mit goldenen Lupinen bekleidet und die Wiesenhänge mit Glockenblumen besetzt. Die gelben Lupinenfelder sind an wolkenlosen Tagen so herrlich, daß ich jetzt seit kurzem die Wälder in Stich gelassen habe und nur im freien Gelände herumgefahren bin. So konnte ich ihren Duft genießen und meine Augen ihre Schönheit trinken lassen. Ein Abhang vorm klaren Himmel, ganz von diesem wunderbaren Gold bedeckt – das ist ein Anblick, der mich so entzückt, daß es fast schmerzt. Die steilen, kräftigen Blütenlanzen haben etwas von Hyazinthen, entfalten jedoch eine so göttliche Intensität der leuchtenden Farben, wie sie keine Hyazinthe besitzt und nie besitzen wird. Und sie sind nicht wächsern zart, sondern aus kräftigem Samt, und ihre Blätter hängen nicht schlaff herab, sondern bilden zarte, aber starke Zweiglein von erlesenem Graugrün. Ein Schmelz ist ihnen eigen, der das ganze Feld überhaucht, und was den Duft anbelangt, so muß es der des Paradieses sein. Die ganze Pflanze ist so schön, Form, Wuchs, Blüte und Laub, und wenn wir erst einmal zwischen ihnen sind, müssen die Pferde geduldig warten, denn ich kann nie genug davon haben, ganz still im Glanz und der Glut dieser prachtvollen Felder zu sitzen.

Nicht weit von hier verläuft eine flache Hügelkette

von Norden nach Süden, und an der Ostseite läuft zu ihren Füßen ein holpriger Weg entlang, meist gepflastert, doch nur mit Vorsicht zu befahren, und zur anderen Seite dieses Weges erstreckt sich eine Ebene nach Osten und Süden. Und diese Hügel und die Ebene sind jetzt ein einziges Meer aus Gold. Ich bin zu allen Stunden des Tages hingefahren – ich kann mich gar nicht zurückhalten. Ich habe sie in der Morgenfrühe gesehen, im hohen Mittag, am Nachmittag und am Abend, beim Mondlicht, wenn alle Kraft aus der Farbe gewaschen ist und sich im Duft verdichtet hat. Aber der Höhepunkt ist der Moment, in dem die Sonne hinter dem kleinen Hügel verschwindet. Dann ist die Pracht so überwältigend, daß man denkt, man hätte das Himmelstor erreicht. Neulich hat mich dieses Gefühl so stark überwältigt, daß ich, einem plötzlichen Einfall folgend, tatsächlich aus dem Wagen stieg und ohne nachzudenken begann, den Hügel hinaufzugehen, halb von der Hoffnung erfüllt, den Glanz des Neuen Jerusalems vor mir ausgebreitet zu finden, sobald ich die Hügelkuppe erreichte. Und die Enttäuschung war fast ein Schock, denn ich sah natürlich nichts als prosaische Kartoffeläcker und einen Sandweg, auf dem heimtrottendes Vieh den Staub aufwirbelte, und in der Ferne sah ich das Schloß unseres Nachbarn. Das Neue Jerusalem war so fern wie eh und je.

Es ist eine Erleichterung für mich, über diese Dinge, die ich so sehr liebe, schreiben zu können, denn ich spreche nicht darüber, weil man mich sonst als schwärmerisches Frauenzimmer betrachten würde. Nichts ist so lästig und unerträglich, wie sich mit der Schwärmerei von fremden Leuten befassen zu müssen, besonders wenn man deren Neigungen nicht teilt. Ich weiß das sehr gut, und deshalb gelingt es mir auch meistens, den

Mund zu halten. Aber selbst jetzt noch nach Jahren der beflissenen Übung in der Kunst des Schweigens bricht sich gelegentlich ein loses Zipfelchen meiner Gefühle Bahn, und dann werde ich sofort durch den wohlbekannten kalten Blick vollkommener Verständnislosigkeit wieder am Riemen gerissen und zur Vernunft gebracht. Manchmal ist es auch dieser gewisse Blick nachsichtiger Überheblichkeit, der jeden mit so unbegreiflichen Gefühlswallungen trifft. Wie kann man sich eigentlich nur so haushoch überlegen fühlen, nur weil man die Ansichten eines Mitmenschen nicht zu teilen oder nicht zu begreifen imstande ist? Und obwohl diese Unfähigkeit eigentlich nicht in der Verrücktheit dieses Mitmenschen, sondern in der eigenen Beschränktheit besteht? Ich bin fast sicher, wenn ich die meisten oder nur einige meiner Freunde zu diesen herrlichen goldenen Feldern führen würde, würden sie nichts außer der ungewöhnlichen Holprigkeit des Weges bemerken. Und wenn ich so unklug wäre, auch nur einen Zipfel meines Herzens zu lüften, wenn ich sie sehen ließe, wie voller Entzücken und Staunen es wäre, dann würden sie zuerst eine völlig unbewegte Miene zeigen, dann insgeheim zu dem Schluß kommen, daß sie sich in einer besonders bedauerlichen Klemme befänden. Sie mußten nämlich nicht nur über einen Holperweg kutschieren, sondern das auch noch mit einer völlig verrückten, einer sterbenslangweiligen und überspannten Person. Und dann würde sie schließlich das Selbstmitleid überwältigen, das uns so herrlich in unseren Nöten tröstet. Es ist jedoch quälend, sich immer und immer zurückzuhalten, und ich glaube, daß die Pein eines solchen Zustandes, besonders wenn kein Ende abzusehen ist, von Frauen tiefer und schmerzlicher als von Männern empfunden wird, weil sie, trotz ihrer Proteste, noch viel von der anschmiegsamen Natur des Efeus haben und sich krankhaft nach Liebe und Bestätigung sehnen. Wenn ich zu den Lupinen fahre und sie in ihrer vollkommenen Schönheit an Farbe und Duft, in der milden August-Sonne gebadet, so weit ringsherum ausgebreitet sehe, wie das Auge reicht, fühle ich den starken Wunsch, jemanden herbeizuholen, damit er mit mir den Anblick genießt und mit mir darüber spricht und meine Freude teilt. Und dann gehe ich die Liste meiner Freunde durch und versuche, jemanden zu finden, dem das Vergnügen bereitet, und erschrecke immer wieder über die Einsamkeit, in der jeder von uns existiert. Es ist schon klar, ich habe sehr viele Freunde – Leute, mit denen man einen angenehmen Nachmittag verbringen kann, unter der Voraussetzung, daß sich solche Nachmittage nicht allzu oft wiederholen und daß man acht gibt und nicht mehr als die Oberfläche der Dinge berührt. Doch es ist nur eine einzige Freundin darunter, die in etwa denselben Geschmack hat wie ich. Doch selbst ihre Sympathie hat Grenzen; so hat sie zum Beispiel mit Nachdruck erklärt, um alles in der Welt wolle sie keine Gänsemagd sein. Ich weiß nicht, warum. Über diese Gänsemagd wäre fast unsere Freundschaft in die Brüche gegangen, weil sich dieses Thema als überaus explosiv entpuppte. Wenn ich die Freiheit der Wahl besäße, so würde ich mir aus allen Berufen den des Gärtners auswählen, aber wenn mich keiner als Gärtner einstellen würde, so wäre ich ganz gerne Gänsemagd und säße mitten im Grünen und brauchte mich nur um diese herrlich dicken dösigen Gänse zu kümmern, so weiß und träge wie die Wolken an einem windstillen Sommermorgen. Ihr Gewatschel ist so beruhigend in seiner ziellosen Faulheit, so heilsam für einen gehetzten Geist, der sich zu lange angestrengt hat. Die Gänseweiden sind so besonders reizend, so grün und immer im Grund gelegen, mit kleinen Gehölzen aus Bäumen und Büschen, immer ist irgendwo ein Tümpel oder ein Stück Morast in der Nähe, und eine überschäumende Fülle dieser lieblichen Wiesenblumen, die so schön am Stengel wirken und so enttäuschend rasch welken, wenn man versucht, sie im Hause in die Vase zu stellen. Sechs Monate im Jahr wäre ich vergnügter als jede Königin, von der ich gehört habe, und dächte nur an dieses dicke weiße Federvieh. Im April würde ich mit den Butterblumen beginnen und im September mit den Brombeeren wieder Abschied nehmen, mit einem Auge würde ich auf die Gänse achten und mich im übrigen in den Band Wordsworth vertiefen, den ich natürlich bei mir hätte, und ich wäre auf diese Art und Weise mitten in der Prozession der Monate, die ersten drei ganz in Weiß und Gelb, die letzten drei in der Blüte der Lupinenfelder, im Blau, Purpur und Hochrot, das Hecken und Teiche in herrlich verschiedene Schattierungen tauchen wird und auch das Gras am Tümpel färbt. Im Oktober würde ich dann meinen Wordsworth zuklappen, ins zivilisierte Leben zurückkehren und vermutlich eifrig dabei helfen, eine Gans nach der anderen zu verschlingen, jedoch mit der entsprechenden Dankbarkeit für die reiche Erfahrung, die sie mir von ihrem Anfang bis zum Ende vermittelt hatten.

Ich glaube, in England hält man den Gänsebratenschmaus für ein zweifelhaftes Vergnügen und überläßt es den Dienstboten. Hier ist ein mit Äpfeln gefüllter Gänsebraten ein Gericht, das selbst von Leuten ganz offen und unverhohlen gepriesen wird, die sich schon durch die Zahl ihrer Wappenschilder hinsichtlich ihres erlesenen Geschmacks über jeden Verdacht erhaben fühlen, wie viele Gänse sie auch essen mögen und wie sie es auch genießen. Ich kann mich an eine gewisse Dame erinnern, deren Ahnen, wahrscheinlich alles leidenschaftliche Gänsebratenesser, bis in geradezu schwindelerregende Vorzeiten zurückreichten. Sie stürzte eine ganze Tischgesellschaft dadurch in tiefste Niedergeschlagenheit, daß sie sich, als ihr serviert wurde, so viel knusprige Haut – oder Pelle – abnahm, wie sie nur erwischen konnte, das äße sie von der ganzen Gans am liebsten. Das mag wohl so gewesen sein, doch unglücklicherweise war es auch zufällig das Lieblingsteil all der Gäste, denen nach ihr serviert wurde und die sich nun durch die strengen Anstandsregeln gezwungen sahen, ausgerechnet in dem Augenblick ihre Fassung mit gelassener Würde zu wahren, in dem sie von keinem anderen Wunsch beseelt waren, als in wilder Gier aufzuspringen und sich ihren Anteil an der krossen Pelle zu sichern, koste es, was es wolle. Ich kann mich noch gut daran erinnern, was sie für hübsche kleine weiße Hände hatte, wie winzige Klauen, mit prachtvollen Ringen besteckt. Ich saß ihr gegenüber, und da ich frei von allen leidenschaftlichen Gefühlen für Gänsebraten bin, konnte ich in aller Ruhe zuschauen, wie flink sie mit der krossen Gänsehaut fertig wurde, wie ihre Hände und die Ringe funkelnd auf und ab flogen, während sie Messer und Gabel mit dieser gräßlichen Geschicklichkeit handhabte, die man so perfekt und behende nur in ihrem Vaterlande bewundern kann. Ich fürchte, daß wir in dieser Nation mehr ans Essen und Trinken denken, als es der Vernunft entspräche, und das erklärt auch zweifelsohne, warum so viele von uns schon um die Dreißig herum den ursprünglich klassischen Umriß verloren haben. Wenn man durch die Straßen einer Stadt schlendert, so kann man fast sicher sein, im Gespräch der Vorübergehenden das Wort Essen aufzuschnappen. Und dieses Essen, natürlich mit dem Trinken verbunden, das notwendigerweise zu dieser übertriebenen Schwelgerei gehört, macht hier das ganze Glück der mittleren und der unteren Klassen aus. Jede Erzählung, jeder Roman, den man hier in die Hand bekommt, ist voll von den einfühlsamsten Schilderungen dessen, was die Helden gegessen und getrunken haben, und er enthält sehr viel mehr Mahlzeiten als Küsse. Wenn sich ein Romanleser also auf eine Liebesgeschichte freut, so entdeckt er voll Abscheu, daß er mit Menüs abgespeist wird. Die Oberschicht verfügt über so viele andere Vergnügungen, daß das Essen keine mehr sein muß, und deshalb sind sie so schlank wie der Rest der Welt. Ist man aber neugierig, um zu sehen, was für eine große Rolle es im Leben der Mittelklasse spielt oder welcher Teil ihres Lebens diesem Vergnügen eingeräumt wird, dann ist es eine gute Idee, während der Monate Juli und August in die Seebäder zu gehen. Dann sind Schulferien, und die Bourgeoisie verwirklicht den Traum, den sie das ganze Jahr genährt hat, den Traum vom Leben im Hotel mit einem gewaltigen Mittagessen jeden Tag pünktlich um eins.

Das April-Kind war in den ersten Jahren ein kränkliches kleines Geschöpf, und der Arzt verordnete ihr zur besonderen Kräftigung ein Seebad, das fast ausschließlich von der Mittelklasse frequentiert wird, und deshalb fuhr ich drei Jahre lang mit ihr dorthin. Und während sie im Sand herumkrabbelte und braun und pummelig wurde, begann ich aus Langeweile die anderen Touristen zu beobachten. Sie verbrachten ihre Zeit offensichtlich damit, daß sie von dem Essen schwärmten, das sie gerade verspeist hatten, und sich durch vorsichtige Leibesübungen auf die Wonnen der Mahlzeit vorbereiteten, die gerade vor ihnen lag. Sie verbrachten die Vormittage am Strand, die Frauen handarbeiteten, um nicht müßig zu erscheinen, und die Männer schlenderten ziellos in ihrer Nähe umher, mit Ferngläsern und mit Schiffermützen ausgerüstet, in langen Mänteln mit einem schrecklichen Schnitt, Havelock genannt, die ihnen bis zu den Hacken reichten und sie wie gewaltige Weiber aussehen ließen. Sie warteten alle mit mehr oder weniger offener Ungeduld auf die Essensstunde, auf den großen Augenblick, auf den sie sich seit dem gestrigen Mittagessen freuten. Wenn die Glocke erklang, pflegten sie in einer Art feierlichem Schweigen, in nachdenklicher Versunkenheit in einer langen Schlange den Speisesaal zu betreten und in diesem heißen Raum voller Fliegen und Sonnenglut alle Gänge zu vertilgen, so viele es auch waren. Das Mittagessen dauerte gut anderthalb Stunden, und nach dieser Zeit pflegten sie alle wieder mit hochroten Gesichtern und in den Zähnen stochernd hinauszustreben, zu den Tischen unter den Bäumen, wo ihnen die erschöpften Kellner alsbald Frühstückstassen mit Kaffee und Gebäck servierten. Damit vertrödelten sie eine weitere Stunde, und dann verschwanden sie nach und nach in ihren Zimmern, wo sie, wie ich vermute, schliefen, denn dann herrschte bis etwa sechs im ganzen Ort Totenstille, und April und ich hatten alles ganz für uns allein. Gegen sechs sah man leicht benommene Ehepaare langsam den Strand entlangstapfen und in den Wald hinaufkeuchen, was die einzige körperliche Bewegung des Tages war, unerläßlich, wenn sie sich mit einigem Genuß an ihr Abendbrot machen wollten. April und ich spähten aus den Moosnestern, die wir uns nachmittags immer bauten, durch das Farnkraut und konnten sehen, wie sie zwischen den Bäumen heraufkamen, nachdem sie die Klippe erklommen hatten. Der Ehemann, mit seinem Havelock über dem Arm, ein paar Schritte voraus, wischte sich das Gesicht und keuchte. Die Ehefrau schnaufte in ihrem engen Seidenkleid hinter ihm her, hatte die Hutbänder aufgeknüpft, schleppte einen Mantel und einen Regenschirm, meist noch einen kleinen geheimnisvollen Korb, mußte außerdem auch noch ihr Kleid raffen, und weil sie in der Regel korpulent und stämmig war, schien sie sich höchst unbehaglich zu fühlen und war vollkommen außer Atem. Aber wie viel sie auch zu tragen hatte, wie fett und hilflos sie war, wie steil der Hügel und wie ausschweifend das Mittagessen, keinem von beiden wäre jemals in den Sinn gekommen, daß der Ehemann ihr den Mantel und den Schirm und den Korb hätte abnehmen und für sie tragen können. Und wenn ihm der Gedanke durch den Kopf gefahren wäre, so hätte er argumentiert, daß er genauso dick wie sie war, daß er genauso viel zu Mittag gegessen hatte, daß er zudem einige Jahre älter war und daß es sich schließlich um ihren eigenen Mantel handelte. Logik ist wirklich unwiderstehlich.

Weiter zu essen, nachdem man schon lange aufgehört hat, hungrig zu sein, besitzt offenbar einen Reiz, dem man sich nicht entziehen kann; und wenn es den Leuten so viel Vergnügen macht, daß die daraus resultierende Unfähigkeit, sich ohne Keuchen und Schnaufen vorwärts zu bewegen, mit der Ergebenheit von Märtyrern in Kauf genommen wird – wer will da sagen, wer recht hat? Mein Widerwille gegen ein umfangreiches Mittagessen um ein Uhr ist kein ausreichender Grund dafür, mich über jene zu erheben, die so etwas mögen. Ihre Ausschweifungen, das ist wohl wahr, sind nicht die meinen, aber dann sind auch meine nicht die ihren. Was ist denn mit diesen müßigen Tagen, die ich mit Nichtstun verbringe und nur von früh bis spät im Grase liege und die Wolken beobachte? Wenn ich bei ihrem Anblick »Vielfraß« murmle, könnten sie dann nicht von ihrem Standpunkt aus mit gleicher Überzeugung »Närrin!« antworten? All diese Maximen, nach denen man andere beurteilen und sich an ihre Stelle versetzen soll, sind, fürchte ich, nicht sehr zuverlässig. Als Kind sind sie mir unaufhörlich eingebleut worden, und ich versuchte sie unaufhörlich zu befolgen und war ebenso unaufhörlich verblüfft über die unerwarteten Folgen, die ich mir einhandelte. Unterdessen weiß ich, daß es ein Zeichen von Einfalt ist, wenn man glaubt, daß andere Leute genauso denken und fühlen und hoffen wie man selbst und sich auf die gleiche Weise über dasselbe freuen. Nehmen wir einmal an, ein eifriger Freund hätte sich dem schnaufenden Ehepaar in den Weg gestellt und ihm mit glühender Begeisterung auseinandergesetzt, wie viel glücklicher sie sein würden, wenn sie ihr Leben ein wenig reicher gestalteten und auch von der anderen Seite betrachteten. Wieviel vergnüglicher es sei, heiter und unbeschwert miteinander zu wandern, mit genug Atem zum Plaudern und Lachen, wie erfreulich auch, wenn der Mann über eine gestählte Muskulatur verfügte und sich in allgemein guter körperlicher Verfassung befände, wenn die Frau flink und drahtig wäre, und daß sie, um dieses Ziel zu erreichen, nichts weiter tun müßten, als von kaltem Fleisch und Toast zu leben und natürlich nichts zu trinken. Dann wären sie so leicht und unbeschwert wie ein Vogel. Glaubt jemand wirklich, sie hätten ihn auch nur verstanden? Kaltes Fleisch und Toast? Statt all dieser Herrlichkeiten, die sie gerade so genossen hatten? Auf die Suppe verzichten, die aus den innersten Geheimnissen der Gänse gekocht wird, auf diese Aale, die in Bier gekocht werden, auf den Schweinebraten mit Rotkohl, das Wild, das in saurer Sahne schwimmt und mit sauer eingelegten Bohnen und mit Kronsbeerenkompott serviert wird? Auf die aufgetürmten Berge von Vanille-Eis verzichten, auf den Pumpernickel mit Käse, danach noch die Äpfel und Birnen und nach den Äpfeln und Birnen noch die großen Tassen mit Kaffee und das leckere Kleingebäck? Wirklich, kein noch so flotter Marsch über die Heide mit einer noch so flinken Frau könnte den Verlust eines solchen Mittagessens ausgleichen. Und außerdem: Könnte sich eine schlanke, flinke Frau nicht als sehr zweischneidiger Segen entpuppen? So hätten sie denn für den durchtrainierten Freund, der sein Leben mit Leibesübungen vergeudet und sich alle leiblichen Genüsse versagt, nur Mitleid übrig. Doch der arme Kerl samt seinem trockenen Brot und Frühaufstehen würde seinerseits sie mit tiefster Verachtung bedenken, wenn er einfältig genug wäre, sich selbst für besser als sie zu halten. Besäße er jedoch Großmut, so würde er sie noch mehr bedauern als umgekehrt. Und auf diese Art und Weise hätte vermutlich jeder zum Schluß sein Vergnügen, denn schon ein wenig Mitleid mit dem Nachbarn hat unleugbar seinen Reiz.

Ich kann mich noch daran erinnern, als ich in dem Alter war, in dem die Leute anfingen, mich Backfisch zu nennen, steckte mich meine Mutter in einen kleinen scharlachroten Mantel mit großen Perlknöpfen und schickte mich eines Sommers mit meiner Gouvernante ans Meer. Ich schlug immer die Augen nieder, weil ich schüchtern war, reckte die Nase aber aus Hochmut in die Luft. Bei unseren Spaziergängen fiel uns eine einsame Dame von würdevollem Äußeren auf, die mit niemandem sprach und stets in erhabene und allem Irdischen entrückte und philosophische Gedanken vertieft schien.

»Sie denkt über Kant und nebulöse Hypothesen nach«, entschied ich für mich, denn ich hatte einmal einige Männer mit langen Bärten über diese beiden Gegenstände sprechen hören, und sie alle hatten dabei den gleichen abwesenden Blick gehabt.

»Qu'est-ce que c'est une hypothèse nébuleuse, Mademoiselle?« fragte ich laut.

»Tenez-vous bien, et marchez d'une façon convenable«, erwiderte sie scharf.

»Qu'est-ce que c'est une hypothèse –«

»Vous êtes trop jeune pour comprendre ces choses.«

»Oh alors vous ne savez pas vous-même!« rief ich triumphierend. *»Sans cela vous me diriez.«*

»Elizabeth, vous écrorez, dès que nous rentrons, le verbe Prier le bon Dieu de m'Aider à ne plus Être si Impertinente.«

Sie war eine gescheite junge Frau, und die Verben, die ich zur Strafe aufschreiben mußte, waren höchst kompliziert und schwierig – *Demander Pardon pour Avoir Sifflé comme un Gamin quel-conque; Vouloir ne plus Oublier de Nettoyer mes Ongles; Essayer de ne pas tant Aimer les Poudings;* das sind nur ein paar Beispiele für ihren Einfallsreichtum auf diesem speziellen Gebiet der Pädagogik.

Genau an diesem Tag saß die abwesende Dame bei der table d'hôte direkt neben mir. Irgendein Ragout wurde gereicht, und nachdem ich mich bedient hatte, fragte sie, bevor sie selbst etwas nahm, was es wohl für ein Ragout sei.

»Schnecken«, erwiderte ich prompt, unverbesserlich trotz der Gebete, die ich gerade in allen Zeitformen hatte abschreiben müssen.

»Schnecken! Eklig.« Damit winkte sie den Kellner mit einer hochmütigen Handbewegung fort und verfolgte herablassend, wie wir es uns schmecken ließen.

»Nanu! Nehmen Sie nichts von diesem exzellenten Ragout?« fragte ihr anderer Nachbar, ein erhitzter Herr, nachdem er alles aufgegessen und nun Zeit hatte, ihren leeren Teller zu bemerken. »Mögen Sie denn keine Kalbszunge mit Pilzen? Sonderbar.«

Ich habe heute noch das Gesicht der armen Dame vor mir, die mehr einer Tigerin als der gelassenen Person ähnelte, die sie einen Augenblick vorher noch gewesen war, als sie sich zu mir wandte.

»Sie unverschämter Backfisch!« zischte sie, »mein Lieblingsessen – Ihnen habe ich es zu danken, daß mir die ganze Mahlzeit verdorben ist, der ganze Tag!« Und in einem Wutanfall packte sie meinen Arm, als ob sie mich auf der Stelle und in der Gegenwart aller anderen durchschütteln wollte, während ich wie erstarrt dasaß und über die Folgen einer spielerischen Albernheit zum falschen Zeitpunkt nachsann.

Diese Geschichte illustriert allerdings genaugenommen nicht so sehr die ungeheure Wichtigkeit des Essens in unserem Land als vielmehr die ungeheure Frechheit von Backfischen in scharlachroten Mänteln.

16. August – Meine Vorstellung von einem Garten beruht darin, daß er von einem Ende bis zum anderen schön sein sollte, also nicht nur vorm Hause mit Feuerwerk blenden sollte, um dann hinten an der fernsten Grenze in reines Gestrüpp überzugehen. Der Standard, der unter den Fenstern erreicht ist, sollte zumindest gehalten, wenn nicht übertroffen werden, und zwar überall. Von dem in Deutschland üblichen Gartenplan sollte man in dieser Hinsicht absehen, weil die Gärtner ihre ganze Aufmerksamkeit nur darauf konzentrieren, daß vorm Haus mit den ordentlichen Rabatten und mit den Glaskugeln auf Piedestalen ein umwerfend schöner Eindruck erzielt wird – in der Hoffnung, daß ein Besucher sich auch nur auf diesen Teil beschränkt und unter allen Umständen davon abgehalten wird, weiter herumzuschlendern, weil er vielleicht eine ähnliche Pracht im ganzen Garten vermutet.

In Wirklichkeit weiß er nur zu genau, daß die Landschaft hinter der Hausecke nur aus einem Hühnerstall und seinem staubigen Auslauf besteht. Da mir diese Ausstattung nicht gefällt, habe ich versucht, meinen Garten immer lieblicher, wenn auch nicht ordentlicher zu gestalten, je weiter man in ihn hineingeht. Und der Besucher, der aus dem Schatten der Veranda tritt und sich in seiner Ahnungslosigkeit einbildet, er hätte nun schon das Beste vor Augen, wird auf die kunstvollste Art und Weise von einem schönen Anblick zum nächsten geleitet, bis er das in sich aufnehmen kann, was ich am bezauberndsten finde, die Anlage aus Silberbirken und Azaleen ganz unten am äußersten Ende. Hier verläuft die südliche Grenze meines Königreichs, im Mai und Juni wie ein Rausch aus Farben, hinter dem man die friedlichen Wiesen und Weiden sieht, die sich bis zu einem fernen Wald erstrecken. Und wenn der ideale Besucher dies alles betrachtet hat, kehrt er erfrischt und als besserer Mensch ins Haus zurück. Solche Menschen führe ich gerne herum – Männer (oder Frauen), die Gärten lieben und die keinen Weg scheuen, um einen neuen kennenzulernen; die zum Lernen kommen, zum Vergleichen und zum Bewundern; die selber einen Garten besitzen, in dem sie leben und den sie lieben; und deren Worte, selbst die kritischsten, wie Tau für eine durstige Gärtnerseele sind, die auch in dieser Hinsicht nur zu vertraut mit Trockenperioden sind. Diese Besucher wissen genauso gut wie ich, wieviel Arbeit, wieviel Geduld, wieviel Fleiß und Beobachtung, wieviel Gelächter nach einem Mißerfolg, wie viele unverdrossene Neuanfänge und welch strahlendes unerschütterliches Vertrauen sich hinter der Blütenfülle meines Gartens verbirgt. Sie können genau beurteilen, was ich für diesen Garten getan habe, und sie wissen auch, was er für mich getan hat und daß er sich immer mehr zu einem Ort der reinen Freude entwickelt, einem Ort des ständigen Lernens, der Gesundheit, der Wunder und einem Ort des zuverlässigen und unwandelbaren Friedens.

Aug in Auge mit der Natur zu leben, bewahrt einen vor Enttäuschungen. Maulwürfe und späte Fröste, die wir beide hier in Hülle und Fülle haben, kümmerten und enttäuschten mich oft, aber selbst diese beiden schlimmsten Feinde haben es nicht geschafft, mir den Mut zu rauben. Bis jetzt bin ich noch nie ganz so weit gekommen, daß mich Rückschläge zum Aufgeben gebracht hätten. Und immer, wenn ich merke, daß ich in die Nähe dieses Zustandes gerate, mache ich einen tüchtigen Spaziergang in der Sonne und kehre kuriert zurück. Es macht einen so durch und durch gesund, in einem Garten zu leben. Gesund an Leib und Seele, und wenn ich sage, daß Maulwürfe und frühe Fröste meine schlimmsten Feinde sind, so zeigt das nur, daß ich mich – selbst wenn ich es wollte – gar nicht hinsetzen und über die eigenen Sünden und die meiner Nachbarn brüten könnte und daß mir die frischen Winde meines Gartens all die Kümmernisse und Meckereien und Kränkungen aus dem Sinn gepustet haben, mit denen sich alle abplagen müssen, die in drangvoller Enge leben. Der strengste Frost, der jemals die Hoffnungen eines Jahres zunichte gemacht hat, ist meiner Meinung nach besser als der Zwang, sich eine einzige heimtückische Wahrheit oder Lüge anhören zu müssen, und ich habe den Maulwurf, der sich unter all meinen Rosenstöcken seine Gänge gräbt und damit die Luft an ihre Wurzeln bringt, sehr viel lieber als einen einzigen Gruß ohne Freundlichkeit. Was kann man dagegen machen, daß man glücklich ist, wenn man gesund und an dem Platz ist, an dem man sein möchte? Ein Mann hat mir einmal vorgeworfen, daß ich so glücklich bin, hat mich mahnend darauf hingewiesen, daß jeder sein Kreuz zu tragen hat und daß wir in einem Jammertal leben. Ich erwähnte die Maulwürfe als mein ärgstes Kreuz und deutete auf die großen schwarzen Hügel, mit denen sie meinen Tennisplatz verziert hatten, aber mit dem Jammertal war ich nicht einverstanden und ließ mich nicht in meiner Überzeugung erschüttern, daß die Welt schön und herrlich ist. Wenn wir bescheiden auf ihr wandeln und uns beschränken, so gibt sie uns alles, was uns glücklich macht. Er wies darauf hin, daß mit Sicherheit Kummer und Krankheit auf uns zukämen, und schien richtig wütend auf mich zu werden, als ich dagegenhielt, auch sie könnten sicher mit einem heiteren Herzen besser ertragen werden. »Und haben nicht auch sie ihre guten Seiten?« rief ich aus. »Wenn ich bis zum Hals im Jammer über Krankheit und Ärzte stecke, so habe ich doch wenigstens etwas, das ich meinen Freundinnen erzählen kann, und muß nicht so wie jetzt dasitzen und mir den Kopf zerbrechen, was ich als nächstes sagen soll. Wobei ich mir eigentlich nur wünsche, daß sie endlich aufbrechen.«

Er erwiderte, ich sei überall von Elend, Schuld und Leid umgeben und müßte schon blind vor Selbstsucht sein, wenn ich das nicht wahrnähme und den schweren Ernst und die tiefe Tragik des Lebens nicht bemerkte. Ich fragte ihn, ob es auch nur einem Menschen helfen würde oder sein Elend linderte, wenn ich mich auch elend und unzufrieden fühlte. Darauf erwiderte er, wir hätten alle unser Päckchen zu tragen. Ich versicherte ihm, daß ich mich bestimmt nicht vor meinem Päckchen drücken wollte, obgleich ich mich innerlich für diese Bemerkung schämte, wenn ich daran dachte, daß es nur Maulwürfe waren. Er aber entfernte sich kopfschüttelnd und mit Grabesmiene und kehrte zu seiner Frau und seinen elf Kindern zurück. Kurz darauf erfuhr ich, daß ihm ein zwölftes Baby geboren worden und seine Frau dabei gestorben war, und kurz vor ihrem Tode hatte sie das Gesicht mit einer ganz unerwarteten Ungeduld von ihm weg und zur Wand gedreht. Die Gerüchte seiner Frömmigkeit erreichten sogar meinen Garten. Als er ihr die Augen zudrückte, habe er gesagt: »Es ist der Wille Gottes.« Er war ein Missionar.

Aber was hat es auch für einen Sinn, einer Frau mit einem Garten zu sagen, daß sie sich wirklich schämen müßte, weil sie glücklich ist? Die frische Luft ist so voller Leben, daß sie einem alle Bemerkungen dieser Art abnimmt und einen wieder fröhlich macht. Alle Vorwürfe verwehen im Duft der Levkojen, und man steht im Sonnenschein, schaut sich um, sieht all die heiteren Blüten und ist tiefer denn je davon überzeugt, daß es gut und ein Segensgeschenk ist, dankbar zu sein. Ach, ein Garten ist die schönste und beste Zuflucht, die man haben kann! Ob ich nun müde bin, weil ich mich zuviel gefreut habe, oder erschöpft, weil ich die Dienstboten so sehr habe schelten müssen, oder ermattet, weil ich mich zu lange mit Missionaren unterhalten habe – ich brauche nur über die Verandastufen in den Garten zu treten, schon sind um mich Ruhe und Frieden, schon ist mein wirkliches und natürliches Ich wiederhergestellt. Ich meine es manchmal regelrecht zu spüren, wie sich mir, wenn ich die Treppe hinuntergehe, sanfte Hände segnend aufs Haupt legen. Ich glaube, ich empfinde das so wegen der Ruhe, die sich mir auf die Seele senkt, sowie ich aus dem beengten, rastlosen Haus in diese reine Stille trete.

Manchmal sitze ich stundenlang auf dem südlichen Weg vor der Veranda und lausche nur und beobachte. Es ist, obgleich direkt unter den Fenstern, so abgeschlossen hier, daß es einer meiner Lieblingsplätze ist. Auf dieser Seite des Hauses liegen keine Schlafzimmer, nur die Räume des Grimmigen und mein Salon, deshalb können die Dienstboten nicht sehen, wie ich hier herumstehe und mich des Lebens freue. Wenn sie es könnten, würde ich einfach nicht herkommen, denn nichts zerstört die Meditation so sehr wie das Bewußtsein, daß einen jemand neugierig hinter der Gardine beäugen kann. Der schönste Garten, den ich kenne, ist meiner Ansicht nach vollkommen durch die Unmöglichkeit verdorben, sich den Blicken des Hauses entziehen zu können, das mit Argusaugen und ohne ein freundliches Zwinkern auf einen herabstarrt, in welchen Winkel man sich auch verzieht.

In England, dem Land der lieblichen Gärten, gibt es das perfekte Haus mit dem perfekten Garten. Er besitzt die richtige Größe für so eine vollkommene Form, in dem kein einziges Unkraut gelitten wird, und Löwenzahn und Gänseblümchen – diese geliebten Freunde der nicht so Ehrgeizigen – sind schon seit Jahren ausgerottet; die sauber abgestochenen Rabatten sind wahre Kunstwerke, die Rasenflächen so makellos, daß man sie gar nicht betreten mag, weil man Angst hat, sie schmutzig zu machen. Insgesamt ist er für Leute mit meinen abwegigen Neigungen vollkommen unbewohnbar, weil man auf Schritt und Tritt beobachtet werden kann. Seit ich hier in diesem großen wildwuchernden Garten lebe, in dem es lauter verschwiegene Pfade und Gebüsche gibt, wo ich darauf vertrauen kann, in Ruhe gelassen zu werden, zwischen riesigen Holzschlägen, mit Wäldern und Heide dahinter und ringsum ausreichend Platz zum Laufen und Atmen – seitdem fühle ich mich in allen kleinen, künstlichen Gartenanlagen wie erstickt, beklommen und niedergeschlagen. Ich habe in diesem kleinen englischen Paradies einen sehr vergnügten Nachmittag verbracht, aber ich habe mich voller Freuden verabschiedet und voll Sehnsucht an meinen eigenen geliebten verwilderten Garten gedacht, an all die Verstecke, in denen im Frühjahr die Buschwindröschen wie Sterne leuchten und wo so viel Natur herrscht und so wenig Künstlichkeit. Ich weiß genau, daß er mit jedem Jahr reizender und ordentlicher werden wird, aber er ist zu umfangreich, um jemals vollkommen sein zu können und so unberührt auszusehen, daß er die völlig verrückte Vorstellung beschwört, jeden Morgen durchhuschten ihn ganze Truppen von Hausmädchen und staubten jede einzelne Blüte mit ihren Federpuscheln ab. Die Natur selbst ist unordentlich, und in einem Garten sollte sie die erste Rolle spielen, das Kunstgewerbe mit seinen Besen und Rechen und Heckenscheren sollte eher bescheiden nachfolgen. Die Stunde für die Kunst und das Kunstgewerbe schlägt im Hause, wo sie sich auf die Wände stürzen können, alle Fenster üppig umranken, sich in den Sofakissen aalen und sich in einem Überschwang von Töpfen ausleben, wo man nur Töpfe unterbringen kann. Das sollte sie wirklich damit versöhnen, daß sie draußen im Freien nur eine untergeordnete Rolle spielen. Und wie gräßlich, wenn man hinter jeder Kurve auf einen Gärtner oder eine Schubkarre stößt – und genau das geschieht einem in dem vollkommenen Garten. Mein Gärtner, dessen Taubheit durch seinen Adlerblick mehr als ausgeglichen wird, hat sofort das Stirnrunzeln bemerkt, das meine Züge überflog, als ich einen seiner Hilfsarbeiter auf meinen Lieblingswegen traf, und jetzt begegne ich keinem mehr. Ich glaube fast, er legt sie bei den Gurkenkästen in Ketten, so völlig sind sie verschwunden, und er läßt sie erst wieder frei, wenn er genau weiß, daß ich ausfahre oder zu Tisch sitze oder im Bett liege. Aber es kann einen wirklich nervös machen, wenn man gerade unter seinem Lieblingsbaum sitzt, den Bleistift in der Hand, die Augen zum Himmel gewandt und auf den göttlichen Funken wartet, der einen freilich niemals trifft, und dann biegt plötzlich ein Mann um die nächste Ecke, der sofort dicht vor einem anfängt, den Boden mit einer Hacke zu bearbeiten? Keiner kann die Zahl der – wie man wohl sagt – inspirierten Wörter ermessen, die mir durch solche Unterbrechungen verlorengegangen sind. Und wirklich, wenn ich diese Seiten durchblättere, so merke ich, daß sie mir wohl alle entwischt sind, denn ich kann nirgendwo eines entdecken, das auch nur andeutungsweise Flügel besäße.

Manchmal habe ich einen Anfall von Kritik und brauche mein ganzes Selbstvertrauen, um mich geduldig zurückzuhalten. Dann schüttle ich meinen Kopf genauso verzweifelt über die Ungezähmtheit meines Gartens, wie der Missionar meinetwegen den Kopf geschüttelt hat. Die Büsche überwuchern die Wege, und wenn sie mich beim Vorübergehen erwischen, erinnern sie mich daran, daß ich sie nicht zurückgeschnitten habe. Auf dem Rasen wuchert alles fröhlich vor sich hin und hat weder die Einmischung von Menschen, noch von Hacken zu fürchten. Zu Beginn des Sommers werden die Karthäusernelken immer säuberlich von hungrigen Hasen abgenagt, die nur an sich selber denken. Die meisten Beete zeigen Spuren vom nächtlichen Treiben der Füchse. Und die Eichhörnchen vertrödeln ihre Tage damit, daß sie die zarten jungen Triebe der Tannen abbeißen und auf den Rasen werfen. Dann gibt es noch den Jungen, der den Esel mit der Wasserkarre durch den Garten fährt und der die unausrottbare Angewohnheit besitzt, so knapp um die Ecken zu kariolen, daß er jedesmal Stücke von der Rasenkante abschneidet. »Aber das kannst du nicht ändern, liebe Seele«, sage ich mir, »wenn du keine Hasen und keine Füchse haben willst, dann mußt du dich mit Maschendraht rings um den Garten abfinden, und der ist dir verhaßt. Und wenn du immer sagst, daß du Unkraut magst, warum grollst du, wenn es in deinem Rasen gedeiht? Und wen stört es, wenn die Eichörnchen die Spitzen der Tannenzweige abnagen? Die Bäume müssen das schon Jahre und Jahre, bevor du überhaupt geboren worden bist, ertragen haben, und sie stehen immer noch. Ach, und Jungen, das sind eben Brauseköpfe. Schnapp dir doch diesen einen, wenn er nicht aufpaßt, und steck ihn in sein eigenes Wasserfaß und klapp den Deckel zu.«

Ich fragte das Juli-Kind, das sich schon ein paarmal indigniert über die sträfliche Gleichgültigkeit dieses Knaben in bezug auf Rasenecken beklagt hatte, ob das nicht ein guter Weg wäre, ihn loszuwerden. Sie ist ein Kind, das sehr auf Disziplin und Ordnung hält, und sie stimmte diesem Plan lauthals zu. Die beiden anderen aber widersprachen. »Da drin könnt er ja totgehen«, bemerkt das Mai-Kind vorwurfsvoll.

»Und er ist ein so schlimmer Junge«, sagte April, die sein rücksichtsloses Verhalten immer mit besonderer Empörung verfolgt hatte, »und wenn er dann stirbt, dann kommt er stracks in die Hölle und muß immer beim *diable* bleiben.«

Das war das erste französische Wort, das ich von ihnen gehört habe: eine seltsame und schwefelduftende erste Frucht von Séraphines Bemühen!

Wir gingen im Gänsemarsch durch den Garten, ich mit einer großen Schere und die drei mit Körben; in den einen legte ich frisch geschnittene Blumen und in die beiden anderen welke Blüten und Samenkapseln. Der Garten gloste vor Hitze und Licht. Ein Regenguß in der Frühe hatte alle Schnecken herausgelockt und allen Duft, und wir waren glückselig, so wie wir es immer sind, wenn ich bis zu den Knien in Blumen stehe und die Kinder neue Schneckensorten entdecken, die ihnen in ihrer Kollektion noch fehlen. Diese Sammlungen befinden sich in Pappkartons, die sie den ganzen Tag mit sich herumschleppen, und nachts hat jedes Kind seinen auf dem Stuhl neben dem Bett. Manchmal machen die Schnecken einen Ausbruch und kriechen über die Betten, aber das stört die Kinder nicht. Als April eines Morgens aufwachte, wußte sie sich vor Freude kaum zu lassen, weil sie einen ihrer kleinen Schneckenfreunde auf ihrer Backe fand. Die Kinder haben ganz offensichtlich eiserne Nerven und ein kristallklares Gewissen.

»Ihr könnt also doch schon ein bißchen Französisch«, sagte ich, während ich Mohnkapseln abknipste, »ihr habt immer so getan, als ob ihr kein Wort könnt.«

»Ach, heb doch den Mohn auf, Mamsi«, rief April, als sie die Kapseln in ihren Korb kollern sah, »wenn du sie pflücken tust und einfach liegen läßt, dann klirasseln sie, wenn sie reif sind, und dann kann man sie für alles mögliche gebrauchen!«

»Erzähl mir lieber vom *diable*«, sagte ich, »dann kannst du den Mohn behalten.«

»Nett ist er nicht, der *diable*«, sagte sie und geriet dann in eine atemlose Redseligkeit. »Séraphine hat gesagt, es sind einmal ein Mädchen und ein Junge gewesen, die sind spazierengegangen, und da sind zwei Wege gewesen, und der eine Weg war ganz steinig, aber er geht zum lieben Gott, und das Mädchen ist den Weg gegangen, bis sie zu einer Tür gekommen ist, und da hat der liebe Gott die Tür aufgemacht, und sie ist reingegangen, und das war der Himmel.«

»Und der Junge?«

»Ach, der war schlimm und ungezogen und ist den anderen Weg gegangen, und da hat ein Baum gestanden, und auf dem Baum stand geschrieben: Geh nicht weiter, sonst bist du tot! Aber er hat gesagt: Das ist *bêtise*, und er ist doch den Weg entlang gegangen, und da ist er in die Hölle gekommen, und da kriegt er eins mit der Reitpeitsche über, wenn er nicht alles tut, was der *diable* sagt.«

»Das ist, weil er so ungezogen war«, erklärte das Mai-Kind und hob nachdrücklich und mahnend den Zeigefinger, »und weil er nicht in den Himmel gewollt hat und auch nicht Gloria singen.«

»Alle Jungen sind ungezogen«, entschied Juni, »ich kann sie nicht ausstehen.«

»*Nous allons parler Français*«, kündigte ich an, weil ich herausfinden wollte, ob ihr ganzes Vokabular nur aus *diable* und *bêtise* bestand. »Ich glaube, ihr könnt es unterdessen ganz gut.«

Keine Antwort. Ich schnitt die reifen Schoten der Wicken ab und begann in ziemlicher Geschwindigkeit Französisch zu reden, stellte beim Schneiden Fragen und versuchte, ihnen Antworten zu entlocken, die jedoch ausblieben. Das Schweigen in meinem Rücken wurde mir unheimlich. Dann hörte ich plötzlich ein leises Schniefen, und der Korb, der für mich hochgehalten wurde, begann zu wackeln. Ich hockte mich rasch hin und schaute dem April-Kind unter den Sonnenhut. Sie weinte große verzweifelte Tränen und rieb sich mit ihrer freien Hand die Augen.

»Aber meine geliebtesten Herzenskinder!« rief ich aus und nahm sie alle in meine Arme, »was ist denn um des Himmels willen los?«

Sie warf mir einen kummervollen und verstörten Blick zu. »Das ist vielleicht eine Mutter, die mit ihrem eigenen Kind Französisch redet!« schluchzte sie.

Ich warf die Schere hin, hob sie auf, trug sie den Weg auf und ab und tröstete sie mit allen zärtlichen und besänftigenden Wörtern, die ich kannte, wobei ich mein Lächeln unterdrücken mußte. »Das ist nun kein Französisch, nicht wahr?« flüsterte ich ihr am Ende einer langen Liebesbeteuerung ins Ohr, die, wenn ich mich recht erinnere, mit solchen Redensarten wie teuerster Schatz und Engelskind begonnen hatte und mit einem ganzen Geprassel von Küssen schloß.

»Nein, ach nein«, antwortete sie und streichelte mich und sah dabei unsagbar erleichtert aus, »das ist schön, und das ist so, wie Mamsis immer reden. Richtige Mamsis reden nie Französisch – nur Séraphines.« Damit erwürgte sie mich fast vor Liebe und übergab mir mit einem dicken Kuß all ihre Tränen. Ich stellte sie wieder auf die Füße, zog mein Taschentuch heraus und versuchte, die Spuren meines Erziehungsversuches von ihren Backen zu tupfen. Ich möchte wirklich wissen, woran es liegt, daß sich Kinder beim Weinen sofort lauter erdige Schmutzspuren übers Gesicht ziehen. Ich glaube, ich könnte wochenlang weinen und brächte keinen Krümel Schmutz hervor.

»Ich will euch was sagen, meine Herzenskinder«, sagte ich, voll Eifer, an so einem wolkenlosen Tage auch die Heiterkeit des Herzens wiederherzustellen, leicht beschämt dazu über meine so überflüssige Strenge – denn April hatte recht, richtige Mütter überlassen Schulstunden und die damit verbundenen Qualen anderen Leuten und richten ihre ganze Kraft auf Zärtlichkeiten – »wir werden eine Kinderjause mit Tanz veranstalten.«

»O ja!« schrien drei begeisterte Stimmen. »Und alle anderen Kinder laden wir ein!«

»Dann müssen wir zuerst einmal vorbereiten, was ihr anzieht. Das Essen soll wahrscheinlich wie immer sein, oder? Lauft zu Séraphine und bittet sie, alles für euch vorzubereiten.«

Sie packten ihre Körbe und Schneckenschachteln, stürzten durchs Gebüsch davon und riefen nach Séraphine nur in den höchsten Tönen der Wonne, die französischen Brocken und der *diable* waren vollkommen vergessen.

Diese Kinderbälle werden zwei- oder dreimal im Jahr mit großer Feierlichkeit begangen. Sie dauern ungefähr eine Stunde, ich sitze in dieser Zeit in der Bibliothek am Klavier und klimpere muntere Weisen, während die Kinder wie wild um die Säule herumtanzen. Sie weigern sich, zu Paaren zu tanzen, was vielleicht gar nicht so schlecht ist, denn wenn sie sich ge-

genseitig aufforderten, bliebe wahrscheinlich immer eins über und hockte als Mauerblümchen zähneknirschend am Rande. Und wenn sie einen der alten Volkstänze tanzen, wird aus der Viererformation immer ein Dreieck. Zur vereinbarten Stunde klopfen sie an die Tür und erscheinen in den Verkleidungen, die sie sich diesmal ausgesucht haben. Beim letzten Ball trug das April-Kind meinen Jagdrock, das Mai-Kind war mit einem Muff ausstaffiert, das Juni-Kind schwenkte Séraphines Sonnenschirm. Dann wird vor mir geknickst, und jedes macht einige höfliche Bemerkungen, das es für den Anlaß angemessen hält.

»Wie geht es Ihrem Herrn Gatten?« fragte mich Juni das vorige Mal in geziertem Ton, der ihr zum Ball gerade richtig zu klingen schien.

»Sehr gut, verbindlichen Dank.«

»Oh. Wie niedlich.«

»Meiner is aber gar nicht gut«, bemerkte April voll Fröhlichkeit.

»Wirklich nicht?«

»Nee, hat ganz doll Bauchweh.«

»Ach du liebe Zeit!«

»Sonst hätt ich ihn mitgebracht, er hat nämlich zu schöne Unnerhosen, rosa mit Schleifchen!«

Nach einer weiteren gepflegten kleinen Plauderei in dieser anmutigen Art beginnt der Ball, und nachdem sie eine Stunde getanzt haben, wird zum Abendbrot gebeten, das sie auf Fußbänkchen einnehmen und das aus Rettichen und Limonade besteht. Wenn sie es bis auf die Rettichstengel verputzt haben, erheben sie sich mit großer Würde, drücken in nach ihrer Meinung korrekt gesetzten Worten ihren tief empfundenen Dank für die schöne Einladung aus, machen einen Knicks und verschwinden im Bett, wo sie meist eine unruhige Nacht verbringen, Opfer von Alpträumen, die aus der ungewöhnlichen Kombination von Rettichen und Zitronensaft in Kindermägen resultiert. Das ist auch der Grund, weswegen diese Bälle zu den seltenen Festivitäten gehören. Die Kinder bestehen darauf, daß es zum Souper Rettiche gibt, und da ich zu den anständigen Eltern gehöre und meine Pflichten genau kenne, muß ich meine Einladungen auf zwei, höchstens drei im Jahr beschränken.

Als dieser letzte Ball verrauscht war, fühlte ich mich ungewöhnlich erschöpft und hatte kaum mehr die Kraft, ihren Dank mit der gebotenen Höflichkeit entgegenzunehmen. Eine Stunde lang pausenlos bei dreiunddreißig Grad Celsius Tanzweisen auf dem Klavier herunterzuhämmern – das setzt auch dem Stärksten zu.

Und als sie glücklich im Bett steckten und ihr Souper seine Wirkung zu zeigen begann, bestellte ich den Wagen und ein Teepicknick in der Absicht, mich im Walde zu erholen und außerdem die günstige Gelegenheit zu nutzen, aus dem Hause zu sein, falls mein Grimmiger zum Abendessen käme. Das Wetter war nun schon lange Zeit sehr heiß, aber die Regenschauer in der Morgenfrühe hatten meinen Blumen wunderbar gutgetan. Als ich abfuhr, fiel mir auf, wie reizend jetzt die Beete vorm Haus aussahen, mit den weißen Stockrosen, dem weißen Löwenmaul und dem Saum der gefiederten Ringelblumen. Dieser Gärtner hat schon einiges an dem Gesamteindruck verändert, und ich glaube, daß ich zum Schluß doch den richtigen Mann gefunden habe. Für einen Hauptgärtner ist er noch ziemlich jung, aber gerade aus diesem Grund auch sehr beflissen, es mir recht zu machen und seine Stellung zu behalten. Außerdem ist der Umgang mit ihm sehr angenehm, weil er alles genau beobachtet und jede Miene zu lesen versteht, so daß man ihm kaum etwas zu sagen braucht. Er stellt manchmal die falschen Leute ein, genau wie ich, als das noch meine Aufgabe war, darunter einen armen jungen Mann, der wie der erste von meinen drei unbedarften Gärtnern ziemlich bald verrückt wurde. Dieser Wahnsinn war jedoch harmlos und nahm nur literarische Formen an. Es war ihm eigentlich nur vorzuwerfen, daß er Bücher schrieb. Er pflegte sich vor Tau und Tag genau auf meinen speziellen Plätzen niederzulassen und meditativen Umgang mit seiner widerspenstigen Muse zu pflegen, statt Mist zu karren. Und er versetzte seine Mit-Gärtner dadurch in unbeschreibliche Angst und Schrecken, daß er ihnen über die Stachelbeerbüsche hinweg mit schallender Stimme Schiller-Zitate zuschrie. Ich möchte hier eilends versichern, daß ich ihn nie angesprochen habe und nicht einmal erkannt hätte, wenn er nicht eine Brille getragen hätte, so daß die Unterstellung meines Grimmigen, ich raubte meinen Gärtnern den Verstand, jeglicher Grundlage entbehrt. Die Brille kam mir allerdings bei einem Gärtner so merkwürdig vor, daß ich mich erkundigte, wer er sei, woraufhin mir berichtet wurde, er habe Jura studiert, sei jedoch durch die Prüfungen gefallen und in der Hoffnung Gärtner geworden, Geist und Gesundheit zu stärken und gänzlich wiederzugewinnen. Ich hielt diesen Plan für sehr vernünftig und spürte schon ein gewisses Interesse an ihm wachsen, als mir der Postbote eines Tages ein eingeschriebenes Paket brachte, das ein handgeschriebenes Theaterstück mit dem Titel ›Der Richter als Gärtner‹ enthielt, das er mir gewidmet hatte. Wir kamen beide darin vor, mein Grimmiger und ich, der Grimmige aber nur in der Liste der handelnden Personen, und vermutlich nur, um ihn nicht zu kränken, weil er in den Szenen des Schauspiels keinerlei Aufgaben hatte. Ich wurde dafür als Person dargestellt, die durch den Garten geistert und den Gärtnern sommers und winters Tolstoi deklamiert, wogegen ich heftig protestieren mußte, weil ich das niemals getan habe. Der junge Mann wurde zu seiner Familie zurückgeschickt, und ich frage mich seitdem immer wieder, woran es wohl liegt, daß an diesem Orte unaufhörlich Bücher und Verrücktheiten gedeihen.

Als ich gestern abend spät am Rand des Waldes vorbeifuhr, wo die dunstigen Strahlen der Sonne schon schräg durch die Bäume fielen, pflückten dort Kinder Heidelbeeren, die sie auf dem Markt verkaufen wollten, Hände, Füße und Schürzen blau vom Saft verfleckt. Ich hatte beschlossen, zu einer Wassermühle zu fahren, die dem Grimmigen gehört und etwas entfernt auf einer Lichtung liegt, so weit entfernt und so still und einsam, daß der Geist des Friedens ewig über ihr zu schweben scheint.

Der Weg dorthin führt durch einen dichten und unberührten Heidelbeerteppich. Niemals duften die Kiefern so stark wie nach einer langen Hitzeperiode, und als ich dort entlangfuhr, schimmerten ihre rosigen Stämme kräftiger denn je. Allmählich hatte ich das Gebiet der Heidelbeerpflücker hinter mir, denn die Kinder wagen sich nicht so spät am Tage allzu tief in den Wald hinein. Ich rasselte im schwindenden Licht über die Wurzeln und wurde immer stärker von dem Gefühl durchflutet, das mich so erfrischt: dem Gefühl der tiefen Einsamkeit.

In der Mühle wohnt ein uralter Mann und kümmert sich um das Gebäude, das schon lange nicht mehr benutzt wird; ein tauber alter Mann mit einem sauberen, zahnlosen Gesicht und ohne eine Frau, die ihn stören könnte. Er hat einmal erklärt, daß alle Frauen Fehlentwicklungen sind, besonders in ihrer schlimmsten Form als Ehefrau, und er sei dankbar, niemals geheiratet zu haben. Seitdem ist es mir immer etwas peinlich, wenn ich mit der doppelten Last von Geschlecht und Gattinnentum in seine Zurückgezogenheit einbreche, aber er scheint sich immer zu freuen, wenn er mich sieht, und huscht sofort in sein Hühnerhaus, um nach frisch gelegten Eiern für meinen Tee zu suchen. Vielleicht betrachtet er mich als angenehme Ausnahme von der Regel. Bei diesem letzten Besuch schleppte er einen Tisch zu der Ulme am Mühlbach hinaus, damit ich beim Imbiß so viel von dem kühlen Lüftchen hatte wie möglich. Und ich saß dort in tiefem Frieden, wartete darauf, daß das Wasser im Kessel kochte, und schaute zu, wie die Sonne hinter dem scharf begrenzten Saum des Waldes sank, während all die kleinen Tümpel und Rinnsale im roten Widerschein des Himmels glühten, in die sich der Bach gerade hier bei seinem Lauf durch die Schwemminseln verzweigt. Die Tümpel sind von Wasserlilien umgeben und von Aalen bewohnt, und ich nehme gewöhnlich ein Netz dieser zappelnden Aale mit heim, um meinen Grimmigen über meine lange Abwesenheit zu beschwichtigen. Zur Lilienzeit steige ich in den Mühlenkahn und nehme sie zum Anlaß, zwischen den morastigen Inseln herumzurudern und zu staken und voller Abenteuerlust den Mühlbach ein Stück weit in den Wald hinein zu erforschen, während der alte Mann mich besorgt von seiner Ulme aus beobachtet. Meinen weiblichen Wunsch, die Wasserlilien zu pflücken, betrachtet er mit Nachsicht, während ihm meine Neigung zu den Schlammbänken ganz offensichtlich unheimlich ist, und als ich einmal auf einer aufgelaufen war, war er eine halbe Stunde lang in höchster Erregung auf und ab gerannt und hatte mir zugeschrien, was ich machen müßte, um den Kahn wieder flottzukriegen. Als ich glücklich wieder an seinem Ufer war, sagte er erbittert, daß Leute in Unterröcken – das war seine Bezeichnung für Frauen – eben nicht zum Staken geschaffen seien. Sie sollten zu ihrer eigenen Sicherheit gefälligst am trockenen Land bleiben und sich ruhig verhalten. Diesmal versuchte ich gar nicht, in den Kahn zu steigen, denn ich war müde, und der Kahn war voll Wasser, wahrscheinlich von einem Müller hineingegossen, der die Frauen satt hatte. So trank ich nur friedlich meinen Tee und setzte dabei meine unterbrochene Nachmittagslektüre des Werther fort, in welchem ich eine Stelle erreicht hatte, die mich jedesmal beim Lesen wieder fasziniert – die Stelle, an der Werther Lotte zum erstenmal sieht und wo sie nach einem Gewitter beide zum Fenster treten und Lotte von den Schönheiten der Natur so berührt ist, daß sie ihre Hand auf seine legt und dabei »Klopstock« murmelt – zur grenzenlosen Enttäuschung des Lesers, allerdings nicht Werthers, denn wir können verfolgen, wie er durch dieses Zauberwort so hingerissen ist, daß er sich auf ihre Hand stürzt und sie unter Tränen der Begeisterung küßt.

Ich schaute von dem Buch zu den ruhigen Tümpeln und dem schwarzen Saum der Bäume auf, über denen die ersten Sterne funkelten, und während das Gemurmel des Mühlbachs und das Heulen einer einsamen Eule irgendwo in der Nähe meinen Ohren wohltat, dachte ich darüber nach, ob es – wenn ich den Grimmigen zur Seite hätte – für meine angenehm entzückten Gefühle eine Erleichterung wäre, wenn »Klopstock« gemurmelt und er sofort Begeisterungstränen über meine Hand vergießen würde. Diesem Namen fehlt unglückseligerweise der musikalische Klang, und daß ihn Goethe seiner Heldin gerade im Augenblick höchster Ergriffenheit in den Mund legt, scheint die Ansicht zu bestätigen, die ich manchmal in einem Disput mit meinem Grimmigen vertrete, daß Goethe nämlich ganz und gar humorlos war. Aber da rede ich nun wirklich über Goethe, unser großes Genie und Ideal, wie es keine Frau wagen sollte. Was wissen denn deutsche Frauen von solchen Dingen? Im Denken ungeübt und ungebildet – wie können wir über irgend etwas oder über irgendwen ein zutreffendes Urteil fällen? Wir können nur von einer Vermutung zur anderen springen, und dann, wenn wir genug herumgehüpft sind, in aller Demut die Belehrung empfangen, das sei die falsche Richtung.

Es wurde zu dunkel zum Lesen, aber ich saß noch lange dort und dachte an die Worte des alten Müllers und mußte ihm zustimmen, denn für eine Frau in dieser Welt ist es wirklich das beste, sich ruhig zu verhalten. Er kam einmal heraus und fragte, ob er eine Lampe bringen solle, und es schien ihn zu beunruhigen, daß ich lieber hier im Dunkeln saß. Ich konnte in den jetzt schwarzen Tümpeln die Sterne sehen und dort, wo die Sonne untergegangen war, ein schwaches Licht weit über den Kiefern. Dann und wann wehte mir ein Schwall heißer Luft vom Erdboden ins Gesicht, aber danach kam eine kühle Brise vom Wasser. Was hat es für einen Sinn, sich um etwas zu streiten und dabei ein Geschrei anzustimmen? Die Lehre der Natur ist so klar und einfach. Wer auch nur eine kleine Weile mit ihr gelebt hat, kann keinen Zweifel mehr am rechten Wege haben. Schweigen und Beten – sicher nicht im geringsten das beste, aber das einzige, was man zu seinem wahren Glücke unternehmen kann. Ich aber, beschämt von der Fülle der Gaben, die mir gewährt sind, kann nur ein Dankgebet sprechen.

September

9. September – Ich habe im englischen Wörterbuch nach dem Begriff für Einquartierung gesucht, denn das steht uns jetzt bevor, aber ich finde keine befriedigende Erklärung. Mein *dictionary* spricht nur von erstens Wohnung oder Unterkunft; zweitens der Vierteilung des Wappenschildes und schließlich der Unterbringung von Soldaten, ohne Genaueres zu verraten. Das läßt darauf schließen, daß das englische Volk ohne die Vokabel für diesen unterhaltsamen Anlaß auskommen muß und diesen wohl auch gar nicht kennt.

Uns hat es heuer besonders schlimm erwischt; wie eine Seuche, eine Gereiztheit, die fast immer am Ende des Sommers ausbricht. Aber wenn dann die Hütten bis zum Bersten voll von Soldaten und Rössern sind, wenn alle weiblichen Mitglieder der Bevölkerung nur ans Heiraten und nicht an die Arbeit denken, wenn alle Männer vor Eifersucht kochen und rauflustig werden, habe auch ich das Haus so voll von dekorativen Figuren in schimmernder Wehr, so daß ich sie manchmal am liebsten zusammenraffte, zu einem Strauß der schönsten und schlanksten, und einfach in eine der großen Porzellanvasen im Salon steckte – aus dem Weg für immer und ewig.

In diesem Jahr finden die Manöver in unserer Gegend statt, so daß wir mit mehr als dem üblichen Anteil an Scherereien gesegnet sind. Wohin man tritt, stößt man auf Soldaten, und die heilige Stille, die den ganzen Sommer lang über uns geherrscht hat, ist einem ständigen Hinundhergetrappel von Offiziersburschen gewichen, dem Zubereiten von Mahlzeiten, die zu jeder Tages- und Nachtstunde verlangt werden, dem Klirren der Sporen, die bei jedem seiner Schritte klappern und klirren, und all der anderen geheimnisvollen Zutaten eines Offiziers und dem lauten Wehklagen meiner Dienstboten, die nicht mehr wissen, an wen sie sich wenden sollen. Eine solche Woche haben wir schon hinter uns, aber eine zweite liegt noch vor uns. Auf dem Hof sind fünfhundert Mann mit ihren Pferden einquartiert und bei uns im Hause dreißig Offiziere mit ihren Burschen, ganz abgesehen von denen, die im Landkreis untergebracht sind und nicht in Bauernkaten verkümmern können und deshalb zum Essen eingeladen werden müssen. So ist mein Sommer also für eine kurze Zeit ganz und gar nicht mehr einsam, und wann immer ich verzweifelt in den hintersten Winkel meines Gartens fliehe und dort meiner Gewohnheit gemäß über Gott und die Welt und die menschliche Natur zu grübeln beginne, tauchen lauter Leutnants in weißen flotten Flanellhosen auf und lassen nicht locker und wollen mit mir Tennis spielen, ausgerechnet dieses Spiel, das ich noch nie ausstehen konnte.

Auf dem Hof haben wir natürlich nicht genug Platz für diese zusätzlichen Männer und Pferde, und wenn ein paar Tage vor ihrer Ankunft (manchmal sind es auch nur ein paar Stunden oder nur ein einzige Stunde) ein Quartiermeister auftaucht und uns über die Anzahl unterrichtet, die wir unterzubringen haben, dann muß mein Grimmiger Notunterkünfte vorbereiten lassen, manche für die Pferde, manche als Mannschaftsunterkünfte und Eßräume. Es ist doch nicht einfach, für fünfhundert Menschen mehr als sonst zu kochen, und die normalen Arbeiten auf dem Hof stehen still, während alle Knechte und Mägde wahre Wagenladungen von Speck und Kartoffeln würfeln und pellen und Kaffee, Milch und Zucker in einer Wanne mit einem Waschholz verrühren. Ein Teil der Regimentskapelle ist hier, der höhere Teil. Die tieferen Instrumente sind im Nachbardorf untergebracht. Das hat einen begeisterten jungen Offizier jedoch nicht davon abgehalten, seine Männer bei ihrer Ankunft um sechs Uhr in der Früh mit flatternden Regimentsfahnen vor unseren Fenstern vorbeimarschieren und das, was er schon an Blech und Trommeln beisammen hatte, so laut und durcheinander spielen zu lassen, daß mehr ein Geschmetter als Musik entstand. Wir bekommen für die Unterbringung eines Gemeinen sechs Pfennig pro Tag gezahlt, weitere sechs Pfennig für sein Pferd – leider sind Schuppen und Scheunen und die Tischlerarbeiten nicht ganz so billig. Achtzig Pfennig pro Tag kommt für die Verpflegung des Soldaten dazu, und dafür soll er zwei Pfund Brot erhalten, ein halbes Pfund Fleisch, ein Viertelpfund Speck und entweder ein Viertelpfund Reis oder Graupen oder drei Pfund Kartoffeln. Für Offiziere wird eine Summe von zwei Mark fünfzig pro Tag ohne Wein gezahlt. Wir sind nicht verpflichtet, ihnen Wein zu servieren, aber wenn wir es tun, werden sie als Gäste betrachtet und benehmen sich entsprechend. Das tun die dreißig, die wir jetzt haben, nicht so, wie ich es wohl wünschte, denn sie verschwinden zwar alle am Vormittag und bleiben bis zum Abend fort, aber manche gehen erst weg, wenn die anderen schon zurückkommen, so daß sie noch nicht zu Ende gefrühstückt haben, wenn das Mittagessen beginnt.

Und das Mittagessen zieht sich fast bis zum Abendessen hin, so daß der Speisesaal den ganzen Tag voll von Essen und Offizieren ist, und uns kommt es schon seit einer Woche so vor, als ob uns das Haus gar nicht mehr gehörte.

Unterdessen halte ich mich für ein leidgeprüftes Weib, und all die Ruhe, die ich bisher genossen habe, wird durch meine jetzigen Qualen mehr als ausgeglichen. Selbst mein strenger Freund, der Missionar, müßte zufrieden sein, wenn er nur wüßte, wie rasch sich seine Prophezeiungen erfüllt haben, daß nämlich Kummer und Sorgen nie auf sich warten lassen. Den ganzen Tag lang gebe ich Tischwäsche aus, bestelle Mahlzeiten, unterstütze die schwachen Kräfte der Dienstboten, werfe den Offizieren angemessene und liebenswürdige Worte zu, sitze bei den Mahlzeiten so anmutig, wie es mir die Natur vergönnt, am Kopf der Tafel und versuche ununterbrochen glücklich auszusehen. Während draußen im Garten – ach, ich weiß so genau, wie es bei diesem Nachsommerwetter im Garten aussieht, wie die stillen Stunden im unveränderten Frieden verrinnen, wie betäubend die Rosen und die reifen Früchte duften, wie die schläfrigen Bienen um die Blüten brummen, wie warm die Sonne in jener Ecke scheint, in der die kleine spanische Kastanie gerade golden wird – sie ist die erste, und nichts, das nach ihr gilbt, kann sie in herbstlicher Pracht übertreffen. Ich weiß, wie still es dort unten in meinem Tannenwald ist, wo die Insekten ungestört in der warmen ruhigen Luft schwirren. Ich weiß, wie das flache Land von dem Platz unter der Eiche her aussieht, wie wunderbar die grünen Wogen des Korns in der Nachmittagssonne zu Gold verglühen. Ich weiß, wie die Habichte darüber kreisen, wie die Lerchen darüber singen, und ich schiebe mich so dicht ans offene Fenster, wie ich kann, um das alles zu hören und nichts von dem Geschwätz der jungen Männer, die mir von all den Rennen vorschwadronieren, die ihre Pferde gewonnen haben. Nichts. Als ob es sie gar nicht gäbe. Ich möchte draußen sein, auf diesem güldenen Gras, und möchte in das endlose Blau hinaufschauen, möchte die Ekstase jener Melodie empfinden, die mein ganzes Sein durchzieht, und es zerreißt mir das Herz, wenn ich daran denke, daß ich das nicht kann. Es sind natürlich prachtvolle junge Leute, allesamt rührend liebenswert, viele der älteren sogar charmant – wie kommt es nur, daß ich ihnen die Lerchen so leidenschaftlich vorziehe?

Wir haben hier alle Ränge vertreten, angefangen bei diesem unschuldigen Wesen, dem Fähnrich, der offenbar nur aus Verlegenheit und Erröten besteht und der jedesmal in die Höhe schießen und sein Glas leeren muß, wenn ihm sein Vorgesetzter die Ehre erweist und ihm zutrinkt, der immer auf den unbequemsten Stühlen sitzen und beim Tennisspielen die Bälle aufsammeln muß, bis zum ausnahmslos wohlgelaunten General, dessen Verstand ihn im Triumph durch die jährlichen Torturen der Auslese geschleust hat, mit seinen den Fähigkeiten entsprechenden tadellosen Manieren und einem einmaligen Aussehen und dazu dem alles bekrönenden Vorteil, sich erwiesenermaßen in der Gesellschaft der Damen wohl zu fühlen. Für mich ist keiner unter dem Rang eines Obersten von Interesse. Je niedriger der Offiziersrang, desto größer die Zahl seiner Vertreter, je schwieriger auch, aus diesem Gewimmel die Vielversprechenden herauszupicken. Aber jenseits der Majorsecke wird die Luft dank der gnadenlosen Auslese schon klarer, und die höheren Offiziere stellen die wahre Blüte der mittelalten deutschen Männlichkeit dar. Was die niederen Ränge anbelangt, so ist ein Leutnant ein flottes und elegantes Wesen, das nichts so sehr bewundert wie sich selbst. Ein Hauptmann ist meistens frisch verheiratet, da er die Soldstufe erreicht, bei der er sich eine Ehefrau leisten kann, und da er meistens noch in sie verliebt ist, fällt er für gesellschaftliche Zwecke aus. Und ein Major ist ein Mann mit einer sich jährlich vergrößernden Familie, für deren Bedürfnisse sein Einkommen nicht ausreicht, den außerdem stets die Angst erfüllt, beim nächsten Mal nicht befördert zu werden, was seine Karriere beenden und ihn knapper bei Kasse denn je sein lassen würde. Und weil nicht mehr ganz jung und nur ans Offiziersleben gewöhnt, schafft er fast nie einen Neuanfang. Selbst für einen hellen Kopf ist es schwierig, nach vierzig noch einmal erfolgreich neu anzufangen, und ein pensionierter Offizier ist selten ein heller Kopf. Wenn er es nämlich wäre, hätte er die Beförderung bekommen. Man trifft ihn aber überall, des Zaubers der Montur beraubt, leicht zu erkennen am schlechten Sitz seiner Zivilkleider, hilflos herumtreibend wie ein Schiff ohne Ruder. Im Laufe der Zeit schickt er sich ins Unvermeidliche, verbringt seine Tage in einer Wohnung im vierten Stock irgendwo in der Vorstadt, ißt, trinkt, schläft, liest die *Kreuzzeitung* und sonst gar nichts, spielt tagsüber Bridge, kriegt das Zipperlein und piesackt seine Frau. Ich kann gar nicht sagen, wie viele immer auf die Stellenanzeigen des Grimmigen schreiben, wenn er einen Buchhalter oder einen Hofbeamten sucht – meist vergeblich, denn selbst wenn sie für die Stellung geeignet wären, so besäße kein einzelner Mensch so viel Takt, um mit den Peinlichkeiten einer solchen Situation zurechtzukommen. Ich habe gehört, daß es gewisse Engländer mit jungem Vermögen genießen, Damen der Gesellschaft bei sich anzustellen. Die Fälle liegen parallel, und in beiden übersteigt der erforderliche Takt das Menschenmögliche.

Obwohl es hier von Offizieren nur so wimmelt, finde ich nur mit den Generälen genug Gesprächsstoff. Worüber soll man sich auch um des Himmels willen mit einem Leutnant unterhalten? Ich kann mit ihm nicht über die Gelenkigkeit von Ballettänzerinnen oder die Meriten von Jockeys diskutieren, weil diese Themen Schall und Rauch für mich sind. Und wenn mich meine Pflichten als Gastgeberin auch nur für einige Augenblicke zwingen, an ihren Unterhaltungen teilzunehmen, erstarre ich sofort und fühle mich uralt. In den ersten Frühlingstagen dieses Jahres, in dieser herrlichen Zeit der Hoffnung, wenn sich die ganze Natur in einem Zustand unterdrückter Erregung befindet, und wenn das jährlich wiederkehrende Wunder jeden Augenblick geschehen kann, weil nur ein paar Stunden warmen Regens die ganze Welt zu verwandeln vermögen, wurden wir von der unmittelbar bevorstehenden Einquartierung von einem Leutnant und zwei Mann samt ihren Pferden benachrichtigt. Sie sollten drei Nächte bleiben, während irgendwelcher geheimnisvoller militärischer Vorgänge, die ein paar Meilen entfernt stattfanden. Das kam besonders ungelegen, weil der Grimmige nicht da sein würde, aber als ich ihm, sicher mit wütender Miene, Lebwohl sagte, tröstete er mich durch die Versicherung, daß der Leutnant wahrscheinlich den ganzen Tag fort und am Abend so erledigt sein würde, daß er vermutlich gar nicht auftauchte. Ich habe jedoch noch nie einen so hellwachen jungen Mann erlebt. Im Lauf dieser drei Tage hat er kein einziges Mal meinem flehentlichen

Drängen entsprochen, doch hinaufzugehen und sich niederzulegen, und keine noch so verzweifelten Überredungskünste einer Frau, die mit ihrem Witz völlig am Ende ist, konnten ihn davon überzeugen, daß er todmüde sei und wirklich versuchen sollte, sich etwas Schlaf zu gönnen. Ich hatte vorgehabt, bei seiner Ankunft gar nicht im Hause zu sein und auch bis zum Abendessen fortzubleiben, aber er traf unerwartet früh ein, während die Kinder und ich noch beim zweiten Frühstück saßen. Als sich aber die Tür öffnete, enthüllte sie das wirklich schönste Prachtexemplar seiner Gattung, das ich je gesehen habe, so schimmernd in seiner weißen Uniform, daß ihn die Kinder sofort für einen Engel der Art hielten, die Abraham und Sarah besucht hatten, und sich flüsternd über Flügel zu streiten begannen. Auf meine besorgten Fragen teilte er mir sogleich mit, daß er von seinem langen Ritt nicht im geringsten erschöpft wäre und stürzte sich, um das zu beweisen, sofort in eine Konversation, wobei er freilich auch gemerkt haben mochte, wie peinlich eine längere Gesprächspause in dieser Situation gewesen wäre. Nachdem ich ihm vergeblich empfohlen hatte, sich auszuruhen, nahm ich ihn am Nachmittag bei meiner Ausfahrt mit, und während er mir von seinen Pferden erzählte, von seinem Regiment, seinen Regimentskameraden und sich schließlich in regelrechten Klatsch verlor, überlegte ich mir stillvergnügt, wie er reagieren würde, wenn ich ihm plötzlich die Themen servierte, die mir am liebsten waren, und darauf bestand, daß er seine Aufmerksamkeit den Bäumen schenkte, die an jenem Nachmittag in lautloser Erwartung standen, all die kleinen Knospen nur auf den einen warmen Schauer ausgerichtet, um zum Lob und Preis des jungen Sommers aufzubrechen. Vielleicht würde er mich als die deutsche Spielart einer Hyäne in Unterröcken betrachten – die Phantasie fährt vor der angenommenen Feigheit eines solchen Tieres zurück – oder, nicht ganz so schlimm, auf jeden Fall als ein Geschöpf einschätzen, das zur Schreckhaftigkeit neigt. Und dann würde er sich einsam und bedroht fühlen, würde an seine Kameraden denken, an seine gemütliche Messe, vielleicht sogar an seine Mutter, denn er war noch ziemlich jung und gerade erst aus dem Nest geschlüpft. Deshalb wahrte ich meinen Frieden und beschränkte meine Unterhaltung auf militärische Gegenstände, von denen ich wahrscheinlich weniger als jede andere Frau in Deutschland weiß, so daß meine Bemerkungen ungewöhnlich eindrucksvoll gewesen sein müssen. Er redete mich in Grund und Boden, und ich redete ihn in Grund und Boden, und wir kamen in einem Zustand tiefster Erschöpfung wieder nach Hause – ich jedenfalls, denn wenn ich ihn betrachtete, schien er völlig unverbraucht zu sein. Ich ging mit der schüchternen Hoffnung hinauf, daß er sich matter fühlte, als er es zeigen mochte, und daß er an den restlichen Tagen etwas früher meinen so eifrig geäußerten Wink verstehen und sich zum Ausruhen in sein Zimmer zurückziehen würde.

Beim Abendessen waren er und ich allein, beide offensichtlich von der Notwendigkeit überzeugt, die Unterhaltung der Dienstboten wegen keinen Augenblick zu unterbrechen. Ich war verzweifelt, und ich hätte wirklich alles gesagt, nur um ihm nicht schweigend gegenübersitzen zu müssen, und mit vereinigten Kräften brachten wir die Sache ganz gut hinter uns. Nach dem Essen versuchte ich es mit Klatsch und ermunterte ihn, mir welchen zu erzählen, aber er verfügte über eine so unnatürlich große Zahl von Verwandten, daß jeder, von dem ich zu schwatzen begann, zufälligerweise sein Vetter oder sein Schwager oder seine Tante war, wie er mir hastig mitteilte, so daß mir jedes Wort, das ich hatte sagen wollen, flugs zu einem lauten und lächerlichen Lob gerann. Und Leute zu loben ist wahnsinnig anstrengend – man gibt sich dabei die größte Mühe und ist sich gleichzeitig darüber im klaren, daß nichts überzeugend klingt. Weiß nicht jeder nur zu gut, daß es zu unseren natürlichen Impulsen gehört, die Abwesenden Stück für Stück auseinanderzunehmen? Um halb zehn stand ich auf, an Leib und Seele erschlafft, und teilte ihm mit fester Stimme mit, es sei seit undenklichen Zeiten in meiner Familie die Regel, um zehn im Bett zu liegen, und daß ich mich deshalb dorthin begäbe. Er machte ein verblüfftes Gesicht, munterer denn je, aber ich wankte nicht in meinem Entschluß, sondern entfernte mich, wobei er wie angewurzelt vor dem Kamin stehenblieb, ganz nach Art meiner Landsleute, denen es nicht im Traum einfallen würde, einer Dame die Tür zu öffnen.

Am nächsten Morgen verschwand er um fünf in der Früh und sollte, wie er mir gesagt hatte, bis zum Abend fortbleiben. Ich fühlte mich wie aus dem Gefängnis befreit, und während ich vergnügt auf der Veranda frühstückte, schien die Sonne durch das noch unberankte Spalier auf meine kleine Mahlzeit, und der erste Kuckuck des Jahres rief mir aus den Tannen zu. An das Abendessen, das vor mir lag, mochte ich gar nicht denken. Ich hatte vielmehr einen halbfertigen Plan im Kopf, nach dem ich nach dem Mittagessen mit den Kindern in den Wald fahren, Decken und einen Imbiß mitnehmen und mich dann bis kurz vor der Schlafenszeit verirren wollte, so daß der Engelbesucher, wenn er dann strotzend vor Kraft und Konversationslust heimkehrte, den Käfig leer vorfinden und erfahren würde, daß der Vogel spazierengeflattert war. Nachdem ich also mit dem Frühstück fertig war, lief ich die Treppe zum Garten hinunter und war so fest entschlossen, jede Minute bis aufs äußerste zu genießen, daß ich die Füße kaum vom Tanzen zurückhalten konnte. Ach, die Wonne eines heiteren Frühlingsmorgens ohne einen Leutnant! Hat je ein Tag so hoffnungsvoll begonnen, so voller Verheißung auf die normale und richtige Abfolge seiner Stunden, Frühstück zum Beispiel im Garten, allein mit meiner Teekanne und meinem Buch! Alle Spinnweben, die noch von gestern an der Seele haften, werden in einer verblüffenden Gründlichkeit und Geschwindigkeit abgefegt. Nie haben Tee und Toast so gut geschmeckt wie hier draußen in der Sonne, nie war ein Buch so klug und weise wie jenes, das aufgeschlagen auf dem Tisch liegt, nie hat sich eine Frau innen und außen so rein gefühlt, so erfrischt; moralisch und körperlich in Klarheit gebadet, als eine, die ihren Tag auf diese Art und Weise beginnen kann. Als ich den Gartenpfad hinuntertänzelte, begann ich sogar wohlwollender an Leutnants zu denken. So schlimm war es ja gar nicht, er kam erst wieder, wenn es dunkel war, und morgen wahrscheinlich auch. Ich würde wieder am Nachmittag fortfahren, und wenn ich sehr spät nach Hause kam, brauchte ich ihn den ganzen Tag lang nicht zu sehen – und wenn die Schicksalsgöttinnen mir gnädig waren, überhaupt nicht mehr. Und dieser letzte Gedanke war so berauschend, daß ich zu singen begann.

Aber er kam bereits zurück, als wir gerade mit dem zweiten Frühstück fertig waren.

»Der Herr Leutnant ist da«, meldete der Diener, »er wäscht sich jetzt die Hände. Der Herr Leutnant hat noch nicht gespeist, und er wird gleich unten sein.«

»Ich möchte sofort den Wagen«, befahl ich – mit diesem jungen Mann konnte und wollte ich keinen zweiten Nachmittag im Tête-à-tête verbringen –, »und du sagst dem Herrn Leutnant, es täte mir leid, daß ich fortfahren müßte, aber ich hätte dem Herrn Pastor versprochen, ihm heute nachmittag die Kinder zu bringen. Sorg dafür, daß er alles hat, was er braucht.«

Ich raffte die Kinder an mich und floh. Ich konnte den Leutnant oben mit seinen Sachen herumpoltern hören und spürte, daß ich keinen Augenblick zu verlieren hatte. Die Miene des Dieners verriet klipp und klar, daß er nicht an die Sache mit dem Pfarrer glaubte, und auch die Kinder schauten erstaunt zu mir empor. Was kann eine Frau denn tun, wenn sie in die Enge getrieben wird? Der Vater aller Lügen haust genau in diesen engen Ecken und Winkeln. Zweifelsohne der richtige Fleck für so einen Bösewicht.

Wir stürzten hinauf, um uns fertigzumachen. Es gab nur eine einzige kurze Treppe, auf der wir mit dem Leutnant zusammenstoßen konnten, und wenn wir die hinter uns hatten, waren wir in Sicherheit. Aber natürlich trafen wir ihn just auf dieser kurzen Treppe. Er kam eilig heruntergetrappelt, gab seinem Schnurrbart noch den letzten hastigen Schwung nach oben und sah frischer, strahlender und charmanter aus denn je.

»Oh, guten Morgen. Sie sind viel früher zurück als erwartet, nicht wahr?« sagte ich lahm.

»Jawohl, habe es geschafft, meine Pflichten schnell zu erledigen«, erwiderte er mit einer Munterkeit, die ich nicht ausstehen konnte.

»Aber Sie sind so früh aufgebrochen – müssen Sie jetzt nicht müde sein?«

»Oh, nicht im geringsten, danke für die Nachfrage!«

Dann wiederholte ich die Geschichte von dem Pfarrer, der uns erwartete, wobei ich meine Schuld noch vergrößerte, indem ich nachdrücklich darauf hinwies, wie schlecht wir die Verabredung verschieben konnten, da sie schon seit Wochen geplant sei. April und Mai standen auf dem oberen Treppenabsatz und hörten mit verwunderten Mienen zu, während Juni, die eine Stufe über ihm stand und offenbar nichts als Engelsfedern im Sinn hatte, forschend seine Schultern musterte. Wir entwischten ihm, ließen ihn denken, was er wollte, rauchen oder schlafen oder so viel herumwandern, wie er wollte, und ich fand unwillkürlich, er müsse sich doch auch erleichtert fühlen, so jemanden wie mich los zu sein. Aber am Nachmittag bewölkte es sich, ein scharfer Wind kam auf, wir begannen im Wald zu frieren, die Kinder niesten und erkundigten sich, wo denn der Pfarrer wäre, und ich erwiderte schließlich, nachdem wir meilenweit gefahren waren, jetzt sei es zu spät, den Pfarrer zu besuchen, und wir müßten heimfahren. Es traf mich schwer, daß wir gezwungen waren, durch kalte Wälder zu irren und unser gemütliches Zuhause nur wegen eines Leutnants zu meiden, und bei meiner Rückkehr hatte ich mein Herz gegen ihn verhärtet.

Dieser zweite Abend war noch viel schlimmer als der erste. Wir hatten schon alles gesagt, was wir uns zu sagen hatten, dazu die gesamte Verwandtschaft so ausschweifend gelobt, daß auch da nichts hinzuzufügen war. Ich saß da und lauschte dem langsamen Ticken der Uhr und stellte Fragen nach Sachen, von denen ich gar nichts erfahren wollte, zum Beispiel nach seinem täglichen Dienst und den Rationen und der Löhnung der Soldaten seines Regimentes, und schließlich – wir hatten früh zu abend gegessen, wie es auf dem Land üblich ist – schlug die Uhr acht. Konnte ich um acht Uhr schlafen gehen? Nein, das wagte ich nicht zu behaupten, und eine Ausrede hatte ich auch nicht parat. So tickte es weiter, langsam und gemessen, so folgten Frage auf Frage und Antwort auf Antwort über Verpflegung und Meerschaumpfeifen. Was war das nur für eine Uhr! Keine konnte so träge ticken, konnte absichtlich so schrecklich schleichen – sie brauchte für eine halbe Stunde länger als alle anderen Uhren, die ich kannte, aber schließlich hatte sie es doch vollbracht und ließ den Doppelschlag ertönen. Konnte ich jetzt aufstehen? War es möglich? Nein, immer noch eine Ausrede bei der Hand. Wir gerieten vom Meerschaum zum Fahrradfahren der Damen – ein heikles Thema. Sahen die Damen dabei gut aus? Diente es ihrer Gesundheit? War es schicklich? Sollten sie Röcke tragen oder –? In Paris trugen sie alle –. Wir werden hier so exzellent erzogen, daß wir in Gegenwart eines jungen Mannes keinerlei Bezeichnungen für Beinkleider über die Lippen bringen, da können wir machen, was wir wollen. Möchten wir also solche ominösen Gegenstände erwähnen, so geschieht das durch eine bedeutungsschwere Pause bei bescheiden niedergeschlagenen Augen. Die Uhr schlug neun. Jetzt konnte mich nichts mehr halten. Ich sprang auf und sagte, durch den scharfen Fahrtwind sei ich über die Maßen erschöpft, und wenn ich einen Nachmittag im Freien verbracht hätte, so sei es meine Gewohnheit, eine halbe Stunde eher als sonst zu Bett zu gehen. Wieder machte er ein verblüfftes Gesicht, aber schon sehr viel weniger als gestern, und ich glaube, daß er sich allmählich an mich gewöhnt hatte. Ich zog mich also mit dem festen Entschluß zurück, nicht noch so einen Tag über mich ergehen zu lassen, sondern morgen früh zu krank und matt zum Aufstehen zu sein, weil er nämlich beiläufig erwähnt hatte, morgen habe er dienstfrei. So lange er hier war, wollte ich also im Bett bleiben, der letzten Zuflucht der Verzweifelten.

Ich saß noch bis tief in die Nacht an meinem Fenster, schaute auf das Mondlicht, das auf meinem stillen Garten lag, hatte ein Gefühl, als ob ich mit Sägespänen vollgestopft wäre – ein wirklich gräßliches Gefühl – und dachte voll Bedauern an den Tag, der so verheißungsvoll begonnen und so jämmerlich zu Ende gegangen war. Wie beklagenswert, daß man nicht einfach frank und frei zu jemandem sagen konnte: »Mein lieber junger Mann, wir haben uns noch nie getroffen, werden uns wohl niemals wiedersehen und haben keinerlei gemeinsame Interessen. Sie sollen sich in meinem Hause wohl fühlen, aber ich will das auch. Lassen Sie uns deshalb, so lange Sie hier wohnen müssen, einander aus dem Weg gehen. Machen Sie, was Sie wollen, gehen Sie, wohin Sie wollen, und ordnen Sie an, was Sie wollen, aber erwarten Sie bitte nicht, daß ich meine Zeit damit vertrödle, Ihnen Gesellschaft zu leisten und leeres Stroh zu dreschen. Auch meine Lebenszeit ist begrenzt, und ich will keine Stunde verschwenden. Sie werden mich nicht wiedersehen. Leben Sie wohl.«

Ich glaube, manche gepeinigte Hausfrau würde viel darum geben, sich so etwas von der Seele zu reden, wenn diese jungen Leute auftauchen, und vermutlich würden die jungen Männer sogar dankbar sein. Aber unumwundene Aufrichtigkeit übersteigt offensichtlich den Mut der meisten Leute. Sie ist die Tugend, die ich am höchsten schätze. Sie ist zweifelsohne auch die verehrungswürdigste von allen und unbeschreiblich wertvoll wegen ihrer Kraft, diese Gebirge beiseite zu räumen, die uns das Leben so einengen und den Blick auf den freien Himmel verstellen. Erst wenn wir das wieder haben, das schlichte Kindergemüt, können wir unsere himmlische Heimat erblicken.

Darüber und über vieles andere dachte ich nach, als ich in jener kalten Frühlingsnacht niedergeschlagen am Fenster saß, lange nachdem der Leutnant, der Anlaß meiner Grübeleien, im anderen Flügel des Hauses friedlich im Schlummer lag. Der Kopf tat mir schon weh, wenn ich nur an den nächsten Tag dachte, an die erzwungene Bettruhe, an die Schüsseln mit Haferschleim, die ich sauber auslöffeln mußte, wenn die Dienstboten an meine Krankheit glauben sollten. Haferschleim nur für das Publikum auf der Galerie zu schlucken – das ist wirklich eine bedauerliche Demütigung, und tiefer kann man nicht sinken.

Doch da – gerade als ich voll Widerwillen an die verhaßte Hafersuppe dachte – erklang plötzlich rasches Räderrollen hinterm Haus, lautes Rasseln scholl durch die stille Nacht, Schritte polterten auf den Kopfsteinen, und als ich das Fenster aufriß und mich so weit vorbeugte, daß ich fast hinausflog, erblickte ich wie eine wonnige Vision im überirdischen Lichte meinen Grimmigen, der unerwartet früh zu meiner Rettung nach Hause gekommen war.

»Oh, mein liebster Grimmiger!« rief ich, während ich mit ausgestreckten Armen im Mondlicht schwebte. »Wie übertrefft Ihr jeden Leutnant an Liebenswürdigkeit! Noch nie hab ich Euch so vermißt, noch nie hab ich mich so nach Euch gesehnt, noch nie hab ich Euch so geliebt! O kommt herauf, mein Held, daß ich zum Lohn Euch küsse!«

1. Oktober – Gestern nach dem Abendessen, als wir es uns in der Bibliothk gemütlich gemacht hatten, sagte ich: »Nun mußt du mir einmal zuhören, mein Grimmiger.«

»Ja?« fragte er und schaute aus den Tiefen seines Sessels zu mir empor, die ich vor ihm stand.

»Weißt du eigentlich, daß du als Prophet ein Versager bist? Genau vor fünf Monaten hast du mitten im Goldlack gesessen und über meinen Traum gespottet, daß ich mich einen ganzen Sommer lang allein vergnügen könnte. Ist der Sommer jetzt vorbei?«

»Das ist er«, gab er zu, weil er draußen den Regen gegen die Fensterscheiben prasseln hörte.

»Und habe ich jemanden hierher eingeladen?«

»Nein, aber es hat von Offizieren nur so gewimmelt.«

»Sie haben nichts damit zu tun.«

»Sie haben dir durch zwei Wochen geholfen.«

»Nicht im geringsten. Es waren vierzehn Schrekkenstage.«

»Na gut. Sprich weiter.«

»Du hast gesagt, ich würde mich zur Strafe langweilen. Habe ich mich etwa gelangweilt?«

»Mein Liebes, als ob du das zugeben würdest, wenn es so gewesen wäre.«

»Das ist schon wahr. Aber ich muß dir sagen, daß ich noch nie einen schöneren Sommer erlebt habe.«

Er musterte mich nur aus den Augenwinkeln. »Wenn ich mich recht erinnere«, sagte er dann nach einer Pause, »so war der Hauptgrund für deinen Wunsch nach Einsamkeit, deiner Seele Zeit zum Wachsen zu geben. Darf ich fragen, ob sie das getan hat?«

»Nicht ein bißchen.«

Er lachte, stand auf und stellte sich neben mich ans Feuer.

»Ehrlich bist du ja«, sagte er und zog meine Hand durch seinen Arm.

»Das ist eine hochachtbare Tugend.«

»Und merkwürdig selten bei einer Frau.«

»Ach, nun fang nicht an, über die Frau zu reden. Ich habe entdeckt, daß du überhaupt nichts von der Frau weißt. Aber ich weiß genau über sie Bescheid.«

»Wirklich? Mein Liebes, eine Frau kann niemals die anderen beurteilen.«

»Eine überholte Tradition, geliebter Weiser.«

»In ihren Meinungen ist sie notwendigerweise voreingenommen.«

»Ein beachtlicher Unsinn, liebster Weiser.«

»Weil jede Frau der natürliche Feind der anderen ist.«

»Ganz verstaubte Redensarten, liebster Weiser.«

»Na gut, was hältst du denn von ihr?«

»Ach, nur daß sie ein Liebes ist und daß du froh und dankbar sein solltest, so jemanden immer bei dir zu haben.«

»Bin ich das denn nicht?« fragte er, schlang seinen Arm um mich und sah geradezu leidenschaftlich aus. Aber wenn die Leute anfangen, so auszusehen, beginne ich, das Interesse an ihnen zu verlieren.

So gleiten mein Grimmiger und ich davon, lösen uns auf, werden unscharf und brauchen keine Worte mehr, während mein Kopf auf seiner Schulter ruht und sein Arm auf meiner Hüfte. Was könnte noch angemessener sein, noch lobenswerter und ein noch besseres Bild vom Leben?

Nachwort

Elizabeth von Arnim feiert Erfolge. Es gibt zur Zeit eine regelrechte Elizabeth-Renaissance. Ihre Bücher werden neu übersetzt und begeistert gelesen, weil sie eine zeitlos schwebende Leichtigkeit besitzen und eine eigentümliche Kraft ausstrahlen, die sich aus einem scheinbar unschuldigen, innigen Verhältnis zur Natur speisen, und nicht zuletzt weil Elizabeth so treffend und witzig das verquere Verhältnis zwischen Mann und Frau beschreibt. Ohne daß sie je die Weltanschauungstrommel rührt, ist es immer ein lehrreicher Genuß, ihre Bücher zu lesen.

Verehrer haben längst Gut Nassenheide ausfindig gemacht, wo sie mit Henning Graf von Arnim-Schlagenthin und ihren Kindern gelebt hat. Das Gutshaus gibt es noch, weithin sichtbar ein Giebeldach mit verwitterten Ziegeln, grau verputzten Wänden, an denen Efeu und wilder Wein emporranken. Zwischen den beiden Hausflügeln findet man die wuchtige Eingangstür aus Eichenholz.

Elizabeth fuhr seinerzeit mit ihrem Mann von Berlin aus mit dem Zug nach Stettin und dann mit einer Kutsche weiter zum Gut Nassenheide, in der Gemeinde Randow, eine Fahrt durch eine wahrlich imposante Landschaft. Heute ist hier Polens größtes zusammenhängendes Waldgebiet: sandige Heideböden mit Birken und Nadelhölzern, im Landesinnern die typische Moränenlandschaft mit Seen, fruchtbaren Böden und Wäldern. Das Land um Gut Nassenheide ist erst gegen Ende des 19. Jahrhunderts von den umgebenden Marschen entwässert worden, 30 000 Hektar Land gehörten dazu. Das Gebäude, das Hennings Vater erworben hatte, stand zur Zeit von Elizabeths erstem Besuch seit fünfundzwanzig Jahren leer. Im 16. Jahrhundert war der prächtige Landsitz gebaut worden, er hatte Gustav Adolf während seiner Feldzüge als Quartier gedient. Vom heutigen Szczecin (Stettin) aus ist es leicht zu erreichen. Man kann die Landschaft bewundern und sich mit etwas Glück von einem Pfarrer Haus und Garten zeigen lassen, durch den Wald spazieren und einen Ausflug an die Ostsee unternehmen.

Elizabeth ließ häufig sogar während der Woche eine Kutsche anspannen, um mit ihren April-, Mai- und Juni-Kindern zur Ostsee zu fahren, an einen Abschnitt der Küste, der heute als einer der schönsten der polnischen Ostseeküste gilt. Während der Fahrt begegnet man noch alten Karren, die mit vorgespannten Pferden die Straßen entlangzuckeln durch Alleen von riesigen Bäumen. Linden, Ahorn und Pappeln säumen die Straßen, in den kleinen Dörfern finden Bauernmärkte statt, traditionelle Kirchenfeste werden gefeiert und immer wieder geht die Reise durch einen märchenhaft bunten Teppich kleiner Felder und Wiesen. Es sind schmale Streifen mit Feldrainen, denn während der kommunistischen Herrschaft wurden alle größeren Güter aufgeteilt und den landlosen Bauern übergeben. An den Ufern der dichten Wälder leben Reiher, schwarze Störche, Kormorane, Auerhähne, Biber, Wildschweine und Rotwild. Heute führt eine Autobahn (A 6) zur Ostsee, und man verläßt diese reizvolle Landschaft mit den lieblichen Hügeln und Seen. Zeltplätze und Sommerhäuschen gibt es hier an der Küste. Elizabeth liebte es, am Meer Picknicks zu veranstalten, egal, ob es Sommer, Herbst oder Winter war. Die Damen badeten an einem abgeteilten Strandabschnitt in Badeanzügen, die alle weiblichen Reize entsprechend bedeckten, die Herren an einem anderen Teil des Strandes in langen, enganliegenden Trikots. Zwischen den beiden Strandarealen lag das sogenannte »Niemandsland«, dessen Betreten aus moralischen Gründen streng verboten war. Es gab auch ein Familienbad, zu dem nur Erwachsene mit Kindern Zutritt hatten. Der Strand mit Mole und Segelhafen ist lebendig und fröhlich, es gibt noch heute den kleinen Fischerhafen Darlowo mit dem Flair von anno dazumal, und die berühmten Wanderdünen, das sind weite, von Treibsand bedeckte Flächen, aus denen Reste des verschütteten Waldes hervorlugen, sind wie eine Art Wüstenlandschaft am Meer. An einem anderen Küstenabschnitt bei Koserow bricht die Küste regelrecht zum Meer hin ab. Dort rumoren die Geschichten von den Dingen, die in die Tiefe gestürzt sind und vom ewigen Meer zermahlen wurden wie das sagenumwobene Vineta, das wegen der Habgier, Götzendienerei und Laster seiner Bewohner untergegangen sein soll und angeblich auf dem Grund des Meeres liegt.

Elizabeth war gleich bei ihrem ersten Besuch von Nassenheide und der westpommerschen Landschaft bezaubert. Sie wollte das Gut zumindest als Feriensitz herrichten lassen. In ihrem zweiten Roman ›Sommer ohne Gäste‹ hat sie versucht, ihren Lesern die Augen zu öffnen für seine »Schönheiten, die Gott so reichlich für alle ausgeschüttet hat«, wie ihr Vater notierte. Sie wurde nicht müde, sich über die verstockten Bewohner des Dorfes zu wundern, die das alles nicht sehen wollten, für die Feld und Wald nichts als harte Arbeit bedeuteten und die in ihrer kärglichen Freizeit alle Türen und Fenster fest verschlossen, anstatt sich davorzusetzen und die Natur zu betrachten.

Auch ihr Haus in der Schweiz bei Randogne-sur-Sierre, das Elizabeth dann nach dem Tod ihres Mannes gekauft hat, liegt wunderschön oberhalb von Montana und Vermala mit einem atemberaubenden Ausblick über das Rhonetal, auf die Peninischen Alpen, den Montblanc und den Simplon. Einige Eingeweihte kennen ihre Häuser in England, und manche Bewunderer suchen noch nach Le Mas des Roses, jenem Haus in Frankreich, in der Nähe von Cannes, in das sie sich in den letzten Lebensjahren mit ihren Hunden zurückgezogen hatte.

Elizabeths postume Popularität hat natürlich gewisse Nachteile. Wir werden immer genauer in ihr Privatleben eingeweiht, man wird auch nach den Details suchen, von denen die Familienangehörigen längst beschlossen hatten, sie seien nicht für die Öffentlichkeit bestimmt. Offenbar ist das der Preis des Ruhms. Dabei ist doch die Schatzkiste, die Elizabeth zum Hineinschauen aufgestellt hat, schon voller Juwelen, Perlen und anderer Kostbarkeiten, in denen wir Lesepirat(inn)en nach Herzenslust wühlen und uns reich beschenkt fühlen können. Ihre Romane hintereinander gelesen ergeben so etwas wie eine widersprüchliche Autobiographie, denn in jedem hat sie eine andere Facette ihres Wesens dargestellt, in jedem ist sie einen anderen künstlerischen Weg gegangen; sie hat nie an den Erfolg eines Buches angeknüpft und eine schlichte Fortsetzung davon geliefert, sondern jedesmal etwas Neues riskiert.

›Sommer ohne Gäste‹ ist Elizabeths zweites Buch,

und damit sicherlich das am härtesten erarbeitete und schwierigste. Denn nichts ist für einen Autor belastender als der Riesenerfolg seines Erstlings. Das erste Buch war ›Elizabeth und ihr Garten‹. Die Erwartungen des Verlegers, des Lesepublikums, vor allem aber die eigenen Ansprüche sind nach einem so glänzenden Debüt dermaßen hochgeschraubt, daß die arme, unerfahrene, vom Erfolg geradezu verschreckte Schriftstellerin dem kaum noch genügen konnte. Nicht wenige vielversprechende Karrieren sind schon an der zweiten Veröffentlichung gescheitert. Aber Elizabeth bezwang die Hürde souverän, obwohl sie das zweite Buch unter höchst widrigen Umständen schreiben mußte, und schenkte ihren Lesern ›Sommer ohne Gäste‹, in dem sie von dem reinen, klaren Glück erzählt, das draußen in den Gärten verborgen liegt. Ein solches Privileg zu genießen, war Elizabeth als Geschenk sehr wohl bewußt. Nur wenige Menschen haben so viel Muße und Zeit, sich niederzusetzen und in sich hineinzuschauen und sich zu fragen, wer sie wirklich sind, was sie sich wünschen und was sie mit ihrem Leben anfangen wollen. Ganz so unbeschwert und heiter, wie die Romanheldin einen Sommer lang gestimmt ist, war der Autorin allerdings nicht zumute. Hier klaffen Dichtung und Wahrheit ein wenig auseinander. So kommt es manchmal vor, daß jemand in den Texten Vergnügen und geistvollen Witz versprüht und gerade in dieser Zeit mitten im schönsten privaten Schlamassel sitzt. Die Ehe zwischen Henning Graf Arnim und seiner jetzt plötzlich berühmten Gemahlin kriselte. Inzwischen nannte sie ihn den »Grimmigen«! Manchmal sprachen die beiden so lange nicht mehr miteinander, daß Elizabeth nur noch wußte, daß sie aus irgendeinem, »zweifellos guten!« Grund mit ihm Streit hatte, aber die Details waren ihr entfallen. Meistens handelte es sich um ein und dasselbe Thema, jahrelang ging es immer wieder darum, daß Henning einen Sohn wollte und Elizabeth sich jede körperliche Annäherung verbat. Sie haßte es derart, schwanger zu sein, daß sie schließlich böse behauptete, sie müsse überhaupt nur im selben Raum sein, in dem ihr Mann sich die Nase putze, schon sei sie schwanger. Die männliche Stimme, die wir im ›Sommer ohne Gäste‹ hören, das ist einfach die zweite Stimme aus einem Selbstgespräch. Sie legt dem »Grimmigen« ihre eigenen Gedanken in den Mund, was am verräterischsten in der Schlußszene durchschimmert, als er, der »liebe Weise«, zu seiner Frau sagt, eine Frau sei die natürliche Feindin der anderen Frau. Etwas so Kluges kann nur, ohne daß ich hier den Herren zu nahe treten möchte, eine Frau gesagt haben. Der Kunstgriff, das eigene Ich auf mehrere Personen zu verteilen, stört keineswegs, denn schließlich ist es die Geschichte einer Frau, die einfach einen Sommer für sich haben möchte. Frieden, Glück und keine Gäste. Bei Regenwetter wird ihr zwar etwas mulmig, ob es nicht doch zu gewagt war, auf jede Kurzweil und Zerstreuung durch Besuch zu verzichten, niemals aber hat sie den geringsten Zweifel, wenn die Sonne scheint. Ihr Traumberuf war Gänsemädchen. Auf der allergrünsten Wiese sitzen, auf die dicken, seelenruhigen Gänse aufpassen, deren gemächliches Gewatschel Balsam sein müßte für die aufgewühlte Seele. Sechs Monate im Jahr mit den Gänsen auf der Wiese, zwischen Blumen, Kräutern und Gräsern – das sei ihre Vorstellung eines zufriedenen Lebens, läßt Elizabeth ihre Heldin verkünden. Ihr selbst würde dieses Leben wohl kaum ganz genügen, es ist nur die Vorstellung eines Idylls. Sie ist jetzt Bestsellerautorin, hat viel Geld verdient und gibt es mit vollen Händen aus für Abendkleidung, Livreen für das Arnimsche Personal mit dem Familienwappen, und sie kann sogar alte Schulden des Grafen Arnim begleichen. Es ist eine rasante Karriere, deren gesellschaftlichen Nutzen sie in vollen Zügen genießt. Noch wissen ihre Leser nicht, wer sich hinter dem geheimnisvollen Pseudonym Elizabeth verbirgt, aber für Freunde und Bekannte hieß sie bereits Elizabeth.

Geboren wurde sie aber als Mary Annette Beauchamp in Neuseeland. Der Schiffskaufmann Henry Herron Beauchamp war 1850 nach Australien ausgewandert, hatte dort Elizabeth Lassetter, genannt Louey, geheiratet. Das Paar bekam sechs Kinder, zog in Sydney je nach Stand von Henrys Karriere von einer Adresse zur nächsten, wohnte schließlich in einem der feinsten Vororte, in einem Haus, das den geschäftlichen Erfolg angemessen widerspiegelte. Die Familie besaß auch ein Ferienhaus in Neuseeland, in Kiribilly Point, dort wurde Mary Annette geboren. Als sie drei Jahre alt war, beschloß Vater Beauchamp, mit seiner Familie wieder in seine Heimat nach England zu übersiedeln. Dreieinhalb Monate dauerte die Überfahrt, an Bord starb während der Reise ein Passagier, ein Baby wurde geboren, die Eltern Beauchamp zerstritten sich und vertrugen sich wieder, Louey flirtete mit dem Kapitän, Henry zettelte ein Verhältnis mit einem weiblichen Mitpassagier an – es war das gesamte Panorama des Lebens auf gedrängtem Raum. Möglicherweise sind Elizabeths Beobachtungsweise und ihre Fähigkeit, mit Ironie und Humor Distanz zu anderen zu schaffen, hier auf höchst effektive Weise geschult worden.

In der ersten Zeit in England, das man beinahe wider Erwarten endlich doch erreicht hatte, wurden alle Kinder nacheinander krank. Der Vater, den sein Heimweh nach dem guten alten England zu dem Umzug bewogen hatte, sehnte sich jetzt nach den Orangenhainen Australiens; auch Louey hatte Schwierigkeiten, sich an das naßkalte England zu gewöhnen. Während der nächsten drei Jahre lebte diese unglaublich quirlige, temperamentvolle Familie in England. Mary Annette, May gerufen, wurde den Tanten des Vaters vorgestellt, die sie »seltsam« fanden, »vorlaut und unliebenswürdig«. Wenn wir so ein Negativbild entwickeln, erscheint im Positiv ein Kind mit lebhafter Phantasie. Als jüngste Tochter wurde May ebenso verhätschelt wie gehänselt, legte sich eine Koboldrolle zu, wurde nachts aber von heftigen Alpträumen geplagt und ängstigte sich um die fragile, schöne Mutter, weil sie deren von Übermut zu Depression schwankende Launen kaum verstehen konnte.

1872 beschloß der Vater, daß seine Familie Bergluft nötig hätte. In einem unbeschreiblichen Durcheinander von Koffern, Schachteln, Kindern und Dienstmädchen siedelte die Familie Beauchamp in die Schweiz, nach Lausanne, über. In den nächsten beiden Jahren lebten sie hier in einem Chalet. Henry war allerdings meist auf Reisen, von Louey mit vorwurfsvollen Briefen verfolgt, daß sie nun allein die ganze Last zu tragen habe. Aber Elizabeth verrät später in ihren Erinnerungen ›Alle meine Hunde‹, daß alle heiter und fröhlich seine Abwesenheit genossen und lauter Dinge taten, die er verboten hätte, und sich um die bezaubernde Louey Verehrer scharten. Die Aufmerksamkeit der Eltern für ihre Kinder muß allerdings bei Mays älteren Geschwistern schon weitgehend aufgebraucht worden sein. Für die Jüngste blieb nicht viel übrig, dagegen verwendete sie selbst ein Höchstmaß an Anstrengung, um sich dennoch durchzusetzen. Eine kleine Person mit beeindruckenden Fähigkeiten! Um gegen die schöne ältere Schwester Charlotte zu bestehen und neben ihr noch aufzufallen, setzte sie ihren Verstand ein und bezauberte alle mit ihrem Witz und ihrer verblüffenden Originalität. Von ihrer Mutter hatte sie den unwiderstehlichen Charme geerbt und vom Vater die Reiselust und seinen Optimismus. Sie verstand es, mit ihrer Musikalität zu brillieren und spielte, obgleich sie kaum mit den Füßen an die Tasten reichte, hervorragend Orgel. Ihr scharfer Spott vertrieb allerdings, als sie ins heiratsfähige Alter kam, regelmäßig Verehrer. Mutter Louey fürchtete schon, ihre Tochter werde als alternde Jungfrau zu Hause bleiben. 1889 unternahm der Vater mit der Tochter daher eine Reise nach Italien.

Bei einer Gesellschaft in Rom gab Elizabeth ein kleines Konzert, durch das Henning August von Arnim-Schlagenthin auf sie aufmerksam wurde und ihre Bekanntschaft machen wollte. Er verliebte sich in diese resolute, ausgesprochen aufgeräumte, kleine Engländerin, bot sich als Reiseführer an und machte ihr einen Heiratsantrag. Henry Beauchamp telegrafierte der Mutter, die sofort anreiste, um den Bewerber zu begutachten. Sie stand der Angelegenheit anfangs mißtrauisch gegenüber. In der Familie Beauchamp sprach niemand deutsch, und der Graf wirkt fremd auf sie. Aber Henning verstand es, die Eltern seiner Auserwählten mit Weltläufigkeit und Eleganz zu beeindrukken. Er lud die Familie nach Bayreuth ein und führte Elizabeth im Haus von Cosima Wagner ein. Die Frage, wie Cosima auf seine Zukünftige reagieren würde, war von entscheidender Bedeutung, denn die Wagners hatten ihn nach dem Tod seines Vaters adoptiert. Henning arrangierte ein Konzert, bei dem Elizabeth spielen sollte, und siehe da, Frau Cosima war entzückt. Es gab zwar noch einige Turbulenzen, ehe diese Ehe endgültig geschlossen wurde, aber am 21. Februar 1890 in London, in der Church of St. Stephen, war Hochzeit.

Das Paar zog nach Berlin, allerdings nicht in die großzügige, kostbar möblierte Stadtvilla, die der Graf während der Verlobungszeit den Schwiegereltern als sein Eigentum vorgeführt hatte – sie war inzwischen verkauft worden –, sondern in eine laute Mietwohnung. Die Stadt Berlin schilderte Elizabeth in einem Brief: »Sie lärmt über einen hinweg ... sie ist etwa so angenehm und liebenswert wie der letzte Dreck in einem Zuchthaus.«

Am 8. Dezember 1891 kam nach einer für die junge Mutter entsetzlichen, zwei Tage sich hinziehenden Geburt die erste Tochter zur Welt. Als sich im Februar 1893 das zweite Kind ankündigte, reisten ihre Schwester Charlotte und ihr Vater an, um ihr zu helfen. Kurze Zeit später war Elizabeth schon wieder »guter Hoffnung«, sie wurde regelrecht wütend. Ihre dritte Tochter brachte sie in England zur Welt, und ihr Vater notierte: »Die arme kleine May, sie erstickt in Babys.« Die zweite Tochter ließ sie vorübergehend bei den Großeltern, als sie nach Deutschland zurückkehrte.

Fünf Jahre war sie nun mit dem Grafen verheiratet, und ihre Ehe ähnelte in mancher Hinsicht der Ehe ihrer Eltern. Wie ihre Mutter Louey war sie der bewunderte Mittelpunkt der Familie, von ihrem Ehemann verehrt, und wie ihre Mutter verstand sie es, ihn günstig zu stimmen und zu umgurren, wenn sie etwas von ihm haben wollte. Ihre Unabhängigkeit und Wanderlust lebte sie allerdings eher wie der Vater aus. Louey Beauchamp hatte nach dem sechsten Kind beschlossen, kein weiteres mehr zu bekommen und die damals einzig wirksame Form der Empfängnisverhütung benutzt, nämlich ihren Mann nicht mehr in ihr Schlafzimmer zu lassen. Elizabeth wollte schon nach dem ersten Kind eigentlich kein zweites mehr, aber der Graf wünschte sich nichts sehnlicher als einen Stammhalter und dachte keineswegs daran, den Wunsch seiner Frau nach Ruhe vor seinen Zugriffen zu respektieren. In den nächsten Jahren war dieser Konflikt der häufigste Grund für Streit, erbittertes Schweigen und Vorwürfe.

Der Graf war sechzehn Jahre älter als seine Frau und hatte fast sein ganzes Leben in Städten verbracht. Seine Güter in Pommern waren verpachtet, er inspizierte sie nur selten. Nachdem Elizabeth ihn einmal dabei begleitet hatte, überredete sie ihren Mann, mit ihr und der Familie nach Nassenheide in Pommern zu ziehen. Elizabeth gefiel das Leben auf dem Land, sie reiste allein zu dem Gutshaus, um die Renovierungsarbeiten zu beaufsichtigen. Sie ließ die Wände in dem düsteren Gebäude weiß tünchen, was damals nur in Pferdeställen üblich war, und verbrachte ganze Tage im Garten, wohin sie sich mittags Salat und Schwarzbrot bringen ließ. Die Bibliothek machte sie zu einem Zentrum im Haus, es war ein heller, freundlicher Raum, weiß und gelb gestrichen. Die großen Fenster holten sozusagen »den Garten herein«. In diesem Haus erlebte Elizabeth das, was sie in ›Sommer ohne Gäste‹ beschreibt. Hier sollten ihre Töchter wie Prinzessinnen aufwachsen, sie plapperten munter in drei verschiedenen Sprachen, hatten französische Mademoiselles, die sie unterrichteten, und englische Hauslehrer. Ihre Mutter war zwar viel auf Reisen, aber wenn sie da war, spielte sie intensiv mit ihren »Krabben«, sie gab kleine Bälle für sie und inszenierte bei jedem Wetter Picknicks, fuhr mit ihnen ans Meer, lachte und tobte mit ihnen. Sie ließ allerdings auch ihre Launen an ihnen aus, verspottete sie und wies die Lehrer an, sie ordentlich zu schlagen. Frische Luft sollten sie haben, rote Backen und nicht zu dick sein. Wenn Elizabeth von einer ihrer Reisen zurückkam, standen ihre Töchter in der Eingangstür mit kleinen Blumensträußen: »Kaum kommst du heim, wird es funning hier«, erklärte ihre zweite Tochter, genannt Liebet, in dem Sprachengemisch, das die Kinder benutzten. Elizabeth liebte ihre Kinder, aber sie war sicherlich keine Mutter, die immer für ihre Kinder da sein wollte. Sie hatte zu schreiben begonnen und ihr erstes Manuskript an einen Verleger in London geschickt, der es begeistert aufnahm, und nicht nur er war begeistert: ›Elizabeth und ihr Garten‹ war ein umwerfender Erfolg. Elizabeth wurde reich und berühmt mit diesem Buch, und Geld war – ganz nebenbei – schon immer die beste Voraussetzung für die Emanzipation einer Frau. Das Buch erlebte allein in den nächsten zwei Jahren 21 Auflagen, bis 1914 sollte es oft noch mehrmals im Jahr nachgedruckt werden. Bald nach seinem Erscheinen begann sie mit einem zweiten Buch; obwohl der Graf wenig Hoffnung hegte, daß es ein einsamer ›Sommer ohne Gäste‹ würde, machte Elizabeth sich voller Eifer an die Arbeit. Sie gestaltete auch ihren Garten noch einmal neu. Sie hat ihn zwar mit Hilfe von Nutalls Pflanzenlexikon wunderbar beschrieben, die Wirklichkeit hinkte dieser Beschreibung allerdings noch ein wenig hinterher. Außerdem kümmerte sie sich – erfolglos, wie wir wissen – um Hygiene und Gesundheitsaufklärung bei den Dorfbewohnern. Sie scheiterte an Aberglauben und Unwissenheit.

Elizabeths Heldin weiß allerdings auch ihrerseits so gut wie nichts über diese Menschen. Sie kennt weder die Geschichte des Landes noch Traditionen oder bestimmte Bräuche. Ganz Polen litt damals unter der Herrschaft der sogenannten Teilungsmächte, nach dem Wiener Kongreß 1815 hatte es noch einige Versuche zur Wiedergewinnung der Selbständigkeit gegeben, die erfolglos blieben, und in dem Landesteil, wo auch Gut Nassenheide lag, mußten sich die Polen gegenüber der Germanisierungspolitik durch die Deutschen behaupten.

Elizabeth ahnt nichts davon. Sie liebt ihre Lektüre, Goethe am Nachmittag im Garten zwischen den Blumen, abends am Kamin Gedichte von Walt Whitman, den radikalen Naturenthusiasten Thoreau am Tisch, den englischen Romantiker Keats im Wald und Spensers ›Gesänge von der Feenkönigin‹ an der Ostsee. Sie liest und bewegt sich in der Natur wie in Schwamm, der unterwegs alle Lebenssäfte aufsaugt. Sobald sie ganz allein ist, schärfen sich alle ihre Sinne. Sie hat dann das Gefühl, ganz Antenne zu sein und jeden Eindruck von außen intensiv zu empfangen.

Im Hause beherrschen strenge Rituale den Alltag. Zum Abendessen werden die kleinen Töchter in feine weiße Kleider gesteckt, beim zweiten Gongschlag erscheint Elizabeth in langer Abendgarderobe am Arm ihres Gatten, wird von einem Dienstboten am Tisch plaziert, und dann pflegt man Konversation. Gäste des Hauses (die ja doch jedes Jahr in Scharen kommen) sind immer wieder verblüfft von dem Witz, der Gescheitheit und dem messerscharfen Verstand ihrer Gastgeberin. Hier kommt auch oft ihr erbarmungsloser Spott zutage, so wie sie ihn etwa in ›Sommer ohne Gäste‹ mit Séraphine treibt, wenn sie meint, wie traurig es doch sei, vielleicht habe das Mädchen eine engelsgleiche Seele, einen Hort süßer Klänge und Harmonien, aber wie schade, daß man es so gar nicht wahrnehmen könne, weil sie einfach zu sehr dem Aussehen einer Teekanne gliche. Die jungen, stattlichen Offiziere erscheinen ihr so brillant und dekorativ, daß sie die schlanksten und hochgewachsensten von ihnen gern in einer Porzellanvase dekorieren würde. Wir dürfen uns vorstellen, daß sie solche Bonmots auch aussprach und Anwesende mitleidlos durch den Kakao zog. Abwesende bleiben von ihrer Spottlust natürlich ebensowenig verschont. Leute zu loben, bedeutet harte Arbeit für sie, entspricht es nicht unserer natürlichen Neigung, Abwesende mit Genuß in Stücke zu reißen?

Regelmäßig zieht sie sich aus den gesellschaftlichen Verpflichtungen zum Schreiben zurück, arbeitet konsequent an ihrem neuen Buch, das von dem Glück handelt, einfach ganz allein den Glanz eines schönen Tages im Sommer zu genießen. Das Glück zu beschreiben gehört zu den schwierigsten Aufgaben in der Schriftstellerei. Denn das Glück an sich ist eher langweilig, spannend sind die Verwicklungen und Hindernisse, das zeigt sich auch in Elizabeths Roman. Sie braucht die Gegenseite, um durch den Kontrast ihren eigenen inneren Reichtum zu zeigen. Das Unglück geht von anderen Menschen aus, allein mit sich im Garten erlebt sie Glück und Zufriedenheit. Elizabeth braucht kein psychologisches Vokabular, sie sucht nicht nach verborgenen Schichten der Kindheit, sondern viel tiefer, sie spürt den alten archaischen Traum auf von der Einheit zwischen innen und außen, Mensch und Natur. Diese Suche nach Identität mit der Natur ist das Faszinierende in ihren Büchern, und je leichter sich so ein Buch liest, desto mehr Seelenschweiß ist hineingeflossen. Elizabeth hat ein Lied, und das will sie unbedingt so intensiv und schön wie möglich singen. Und sie hat das Talent dazu: »Normale Sterbliche müssen unendlich viel fühlen, bevor sie unter Qualen einen Satz herausbringen, der ihre Empfindungen beschreibt. Und wenn sie ihn dann ausgesprochen haben, sieht es noch immer so aus, als sei er genau am Kern des Gefühls vorbeigegangen ...« Nicht an diesem Kern vorbei zu zielen, ist eine Plackerei, es wimmelt nur so von Stolpersteinen und Hinterhalten, aber sie geht jeden Tag an die Arbeit.

Elizabeth liebt Blumen, Gräser und Bäume – und sie fühlt sich in ihren glücklichen Stunden eins mit ihnen. Damit zapft sie einen Brunnen an, der für uns heutige Leser fast schon versiegt zu sein scheint, aber die Sehnsucht danach bleibt und die Wehmut, all dies fast schon verloren zu haben. Unser Naturbewußtsein heute ist bestimmt durch Schuldgefühle und apokalyptische Visionen, wir sprechen eher von Umwelt als von Natur, der wir uns zugehörig fühlen. Was das angeht, so weckt Elizabeth verschüttete Erinnerungen. So wie sie versucht, die Menschen im Dorf nach draußen zu locken, in die freie Natur, so scheint es, als wollte sie alle als Gärtnerin hüten, pflegen, gießen und düngen. Denn auch Menschen brauchen Pflege, haben seelischen Hunger und Durst nach mehr als nur regelmäßigen Mahlzeiten, sondern nach Herzenszärtlichkeit und echter Zuneigung und irgendeinem Sinn hinter all der Mühe. Aber man kann sie nicht zwingen. Elizabeth begegnet trägem Verharren in alten Gewohnheiten und einer gemeinen Faulheit des Denkens und Fühlens, dumpfen, apathischen und groben Gesichtern bei ihrer Mission.

Auch das neue Buch ›The Solitary Summer‹ wurde von den Kritikern begeistert aufgenommen. Als es erschien, war Elizabeth wieder schwanger und reiste nach England. Ihr Vater notiert »Liebling May ist bei uns, enorm birnenförmig, erstickt fast am Weihrauch, den ihr neues Buch entzündet hat«. Auch das nächste Kind ist wieder ein Mädchen. Elizabeth hegte den Verdacht, daß ihr Ehemann überhaupt nur Mädchen zeugen könnte, und soll das Ergreifen unkonventioneller Maßnahmen erwogen haben. Aber ihr fünftes und letztes Kind wird endlich der ersehnte Stammhalter und Erbe Henning-Bernd. Die Mutter des armen kleinen Wurms war auf die Thronfolgerverehrung ihres Gemahls inzwischen aber derartig wütend, daß der kleine Sohn es häufig zu spüren bekam. Wenn er schrie, schlug sie ihn mit ihrer Haarbürste, berichtete Evi, die älteste Tochter.

Rückblickend sind die Jahre auf Nassenheide vielleicht ihre schönsten gewesen. 1909 mußte das Gut verkauft werden, weil es sich nicht rentierte und die Nebeneinnahmen nicht ausreichten, um es weiter zu halten. Graf Arnim wurde schwer krank und starb bald darauf, Elizabeth war noch mit ihm zur Kur gefahren und hatte ihn bis zu seinem Tod gepflegt, aber er war des Lebens müde und hatte keine Kraft mehr. Die Kinder siedelten mit ihrer Mutter nach England über, und nachdem sie das Trauerjahr überstanden hatte, gefiel Elizabeth ihr neuer Status als Witwe gar nicht schlecht. Sie verdiente ausgezeichnet an ihren Büchern und beschloß, ein Chalet in der Schweiz zu kaufen. Nach einigen Schwierigkeiten und Fehlern bei der Beschaffung eines Grundstücks ließ sie sich ein Haus mit insgesamt sechzehn Schlafzimmern bauen. Es hatte auch mehrere Badezimmer und sieben Toiletten. Wenn sie traurig sei, gestand sie einmal, dann müsse sie nur an diesen enormen Luxus von sieben Toiletten denken und sei augenblicklich getröstet. Dazu kam ein kleines Chalet, in dem sie schreiben wollte.

Elizabeth war in England ein Gesellschaftsstar, hatte ein leidenschaftliches Verhältnis mit H. G. Wells, das stark betuschelt wurde, viele berühmte Freunde, liebte aber noch immer eher die klare Bergluft, den Schnee und das Leben auf dem Lande. Einige Jahre lang zog sie sich jeweils für mehrere Monate in die Schweiz zurück. Meistens kamen allerdings Gäste und die Kinder in den Semester- oder Schulferien zu Besuch. Eines Tages erschien auch Francis Russell, ihr zweiter Ehemann. Diese Verbindung war nun allerdings nach dem »Regen«, als den sie mitunter wohl ihre Ehe mit dem »Grimmigen«, Henning Graf Arnim, empfunden hatte, unter Umgehung der Traufe der direkte Weg in die Katastrophe. Earl Russell war ein Tyrann und Ekelpaket mit schweren neurotischen Störungen und im Grunde unfähig zu einer Partnerschaft.

Der erste Weltkrieg brach aus, und währenddessen ereigneten sich auch private Tragödien. Elizabeths jüngste Tocher Felicitas war in Lausanne von ihrer Schule gewiesen worden. Sie wurde beschuldigt, einen kleinen Geldbetrag gestohlen zu haben. Elizabeth empfing sie im Chalet, hielt dem verstockten Kind eine Strafpredigt und schickte es zur Disziplinierung auf eine rigidere Schule in Deutschland. Mitten im Krieg ist Felicitas dort gestorben, an einer heimtückischen Virusinfektion, ganz allein unter Fremden, ohne daß man Nachrichten von ihr hatte. Aus ihren Tagebüchern ging hervor, daß sie das Geld damals nicht gestohlen hatte, aber zu verletzt gewesen war, um sich zu verteidigen. Elizabeth hat sich von diesem Schmerz nie mehr ganz erholt.

Sie befreite sich aber aus der Hölle, zu der ihre Ehe

geworden war, besuchte ihre beiden ältesten Töchter in den USA und verliebte sich noch einmal in einen wesentlich jüngeren Mann. In der Biographie, die ihre Tochter Liebet geschrieben hat, heißt er Mark Rainley, seinen wahren Namen hat Elizabeths Biographien Karen Usborne herausgefunden. Es war Alexander Stuart Frere, ein Mann, dessen Name als Publizist und Verleger in England bekannt ist. Liebet hatte zwar die Erlaubnis, seine Identität zu enthüllen, aber sie entschloß sich gleichwohl, ihn Mark Rainley zu nennen. In dem Kunstnamen Rainley steckt das Wort Regen, und regnerisch, weinerlich war Frere. Elizabeth mußte ihn mehrere Jahre lang eher wie einen Sohn aufpäppeln, er hatte nach furchtbaren Erlebnissen im Krieg mit schweren Depressionen zu kämpfen, Elizabeth tröstete und ermunterte ihn immer wieder, auch wenn sein Trübsinn sie bisweilen ganz krank machte und er ihre Fröhlichkeit geradezu ausradierte. Besonders in der Schlußphase ihrer Freundschaft war es belastend für sie, daß Frere häufig kam, um sich beraten zu lassen, wenn er Kummer mit seiner Frau hatte. Als er sich endgültig von ihr trennte, wurde ihr für einen Moment der Boden unter den Füßen weggezogen. Es schmerzte sie noch einmal »wie ein Messerschnitt«. H. G. Wells hatte sie zwar beraten und ihr erklärt, eine Beziehung zu einem jüngeren Partner müßte rechtzeitig vom Älteren beendet werden, ehe die Gefühle des Jüngeren schwinden. Aber wir handeln nicht immer Vernunftgründen gemäß.

Elizabeth spielte einerseits die Gesellschaftsspiele ihrer Schicht, versuchte dem Ideal ewiger Jugend zu genügen und ließ einige Schönheitsoperationen über sich ergehen, aber andererseits sind ihr Hunde, Gärten, die Natur immer wichtiger gewesen. Sie kaufte sich ein Haus in Südfrankreich und erfüllte sich noch einmal den sentimentalen englischen Traum, in dem Duft und dem milden Klima des Südens zu leben. Als in Deutschland die Nazis die Herrschaft übernahmen, verlor sie einen weiteren Teil ihres so unverwüstlich scheinenden Lebensmutes. Eine ihrer Töchter war in Deutschland verheiratet, und sie machte sich große Sorgen um sie. Während des Krieges reiste sie auf Drängen ihrer beiden Töchter zu ihnen in die USA, wurde dort als Autorin noch einmal gefeiert, aber dieser Erfolg interessierte sie kaum noch. Am 9. Januar 1941 schrieb sie ihren letzten Eintrag ins Tagebuch: »Schöner Tag, aber rauh, irgendwie schon früh rauh. Fühle mich nicht gut.« Am nächsten Tag fiel sie ins Koma und starb am 9. Februar 1941. Einige Zeit vorher hatte sie noch einmal in ihren alten Tagebüchern gelesen, aus der Zeit, als sie ›The Solitary Summer‹ schrieb, und meinte dazu: »Wie glücklich ich gewesen bin. Innerlich so glücklich. Alles Unglück, und davon habe ich genug abbekommen, ging von anderen Leuten aus. Allein im Glanz eines schönen Tages, das war mein alles.«

Annemarie Stoltenberg

Ein scharfsinniges und vergnügliches Porträt der viktorianischen Doppelmoral

Für den lebensfrohen Gentleman und aristokratischen Müßiggänger Charles Smithson wird die Bekanntschaft mit Sarah Woodruff zu einer schicksalhaften Begegnung. Die mysteriöse Frau gilt im Hafenstädtchen Dorset als »Gefallene« – hat sie sich doch, so das Gerücht, einem schiffbrüchigen französischen Leutnant hingegeben. Charles kann dem Reiz der rätselhaft anziehenden Frau nicht widerstehen …

John Fowles

Die Geliebte des französischen Leutnants

Roman

ISBN-13: 978-3-548-60656-9
ISBN-10: 3-548-60656-3

List Taschenbuch